COLLECTION FOLIO

Romain Gary

Les trésors
de la mer Rouge

Gallimard

Romain Gary, pseudonyme de Roman Kacew, né à Vilnius en 1914, est élevé par sa mère qui place en lui de grandes espérances, comme il le racontera dans *La promesse de l'aube*. Pauvre, « cosaque un peu tartare mâtiné de juif », il arrive en France à l'âge de quatorze ans et s'installe avec sa mère à Nice. Après des études de droit, il est incorporé dans l'armée de l'air, et rejoint le général de Gaulle en 1940. Son premier roman, *Éducation européenne*, paraît avec succès en 1945 et révèle un grand conteur au style rude et poétique. La même année, il entre au Quai d'Orsay. Grâce à son métier de diplomate, il séjourne à Sofia, La Paz, New York, Los Angeles. En 1948, il publie *Le grand vestiaire*, éducation sentimentale d'un adolescent au lendemain de la guerre, et reçoit le prix Goncourt en 1956 pour *Les racines du ciel*, fresque de la vie en Afrique-Équatoriale française où un idéaliste, Morel, a décidé de sauver les grands troupeaux d'éléphants que les Blancs et les Noirs menacent d'exterminer. Consul à Los Angeles, il rencontre l'actrice Jean Seberg, qu'il épousera en 1963, écrit des scénarios. Il quitte la diplomatie en 1960 et écrit des nouvelles, *Les oiseaux vont mourir au Pérou (Gloire à nos illustres pionniers)*, qu'il portera lui-même à l'écran, et un roman humoristique, *Lady L.*, avant de se lancer dans de vastes sagas : *Frère Océan* et *La comédie américaine*. Les romans de Gary vont laisser percer son angoisse du déclin et de la vieillesse : *Au-delà de cette limite votre ticket n'est plus valable*, livre cru et dur, mais aussi roman d'amour et de tendresse dans lequel Gary s'attaque au sujet tabou de l'impuissance sexuelle, *Clair de femme*, chant d'amour à cette « troisième dimension » de l'homme et de la femme : le couple. Jean Seberg se donne la mort en 1979. Dans *Les cerfs-volants*, son ultime roman, Romain Gary renoue avec le temps du nazisme et de l'Occupation. Il se suicide à Paris en 1980, laissant un document posthume où il révèle qu'il se dissimulait sous le nom d'Émile Ajar, auteur de romans à succès : *Gros-Câlin*, *La vie devant soi*, histoire d'amour d'un petit garçon arabe pour une très vieille femme juive, qui a reçu le prix Goncourt en 1975, et *L'Angoisse du roi Salomon*.

Découvrez, lisez ou relisez les livres de Romain Gary/Émile Ajar :

L'AFFAIRE HOMME (Folio n° 4296)

ÉDUCATION EUROPÉENNE (Folio n° 203)

TULIPE (Folio n° 3197)

LE GRAND VESTIAIRE (Folio n° 1678)

LES RACINES DU CIEL (Folio n° 242)

ODE À L'HOMME QUI FUT LA FRANCE (Folio n° 3371)

LA PROMESSE DE L'AUBE (Folio n° 373)

LES OISEAUX VONT MOURIR AU PÉROU (GLOIRE À NOS
   ILLUSTRES PIONNIERS) (Folio n° 668)

LADY L (Folio n° 304)

LA COMÉDIE AMÉRICAINE :

   LES MANGEURS D'ÉTOILES (Folio n° 1257)

   ADIEU, GARY COOPER (Folio n° 2328)

FRÈRE OCÉAN :

   LA DANSE DE GENGIS COHN (Folio n° 2730)

   LA TÊTE COUPABLE (Folio n° 1204)

   CHARGE D'ÂME (Folio n° 3015)

CHIEN BLANC (Folio n° 50)

EUROPA (Folio n° 3273)

LES ENCHANTEURS (Folio n° 1904)

LES TÊTES DE STÉPHANIE (Folio n° 946)

AU-DELÀ DE CETTE LIMITE VOTRE TICKET N'EST PLUS VALABLE (Folio n° 1797)

CLAIR DE FEMME (Folio n° 1367)

LES CLOWNS LYRIQUES (Folio n° 2084)

LES CERFS-VOLANTS (Folio n° 1467)

UNE PAGE D'HISTOIRE ET AUTRES NOUVELLES (Folio 2 € n° 3759)

et sous le nom d'Émile Ajar :

GROS-CÂLIN (Folio n° 906)

LA VIE DEVANT SOI (Folio n° 1362)

PSEUDO (Folio n° 3984)

L'ANGOISSE DU ROI SALOMON (Folio n° 1797)

Pour en savoir plus sur Romain Gary :

MYRIAM ANISSIMOV *Romain Gary, le caméléon* (Folio n° 4415)

DOMINIQUE BONA *Romain Gary* (Folio n° 3530)

ÉLIANE LECARME-TABONE COMMENTE *La vie devant soi* de Romain Gary/Émile Ajar (Foliothèque n° 128)

FIRYEL ABDELJAOUAD COMMENTE *Les racines du ciel* de Romain Gary (Foliothèque n° 166)

ROMAIN GARY *La promesse de l'aube*, accompagné d'un dossier réalisé par Olivier Rocheteau et d'une lecture d'image faite par Stéphanie Cochet (Folioplus n° 169)

Ce ne sont ni les trésors engloutis qui dorment au sein des grands fonds sous-marins que je suis allé chercher pour vous sur ces eaux que l'art des conteurs arabes a peuplées de fabuleuses histoires. Ni les perles que l'on n'y pêche plus guère, ni les rubis, émeraudes et diamants que l'eunuque Murad a jetés, dit-on, dans la mer Rouge par l'ordre de son maître Ibn Séoud, afin qu'ils rejoignent dans l'inaccessible le fils préféré du dernier conquérant d'Arabie des temps modernes. Ni l'or clandestin transporté par les boutres aux mâts obliques vers les coffres des trafiquants indiens…

Les trésors que j'ai ramenés de là-bas sont immatériels et, lorsque la plume ne s'en saisit pas, ils disparaissent à jamais. Le romancier que je suis, amoureux de ces diamants éphémères, parfois très purs, parfois noirs, mais toujours uniques et bouleversants dans leur mystérieux éclat, est parti à leur recherche vers cette mine de richesse et de pauvreté inépuisable que l'on appelait jadis l'âme humaine — je dis « jadis », car le mot est passé de mode, avec son écho d'au-delà.

Il y a quarante ans, déjà, que je ne cesse de regarder autour de moi dans l'espoir d'en saisir les manifestations soudaines et émouvantes, et ce sont ces joyaux-là, les seuls que rien ne peut jamais priver de leur valeur fabuleuse et de leur pouvoir envoûtant, que je vous ramène de la mer Rouge et de ses environs.

J'ai vu le grand fantôme de l'Empire français se lever sous mes yeux entre l'Abyssinie, le Nil et la Somalie, plus humain, plus convaincant et plus *vrai* qu'à l'heure de son apogée. Sous le soleil le plus dur du monde, sur une terre sans pitié pour toutes les formes de la vie — un cataclysme géologique saisi et perpétué en son instant d'ultime catastrophe — j'ai vu la France de Gallieni, Gouraud et Lyautey, la France de la « grandeur » — ou faut-il dire : des grands mots ? — vivre ses derniers instants dans l'authenticité enfin atteinte et *corriger* son passé. Et ce rayon vert du grand couchant des empires occidentaux a une pureté singulière…

Je suis venu dans ce qui fut la Somalie française, nommée aujourd'hui plus discrètement « Territoire des Afars et Issas », à la recherche d'un homme que sa famille ne me permet pas d'appeler de son vrai nom. Je l'appellerai Machonnard…

J'en avais entendu parler par un camarade de la France Libre, vaincu à Dien Bien Phu, vaincu en Algérie, et avec qui je me suis cruellement heurté au moment du putsch d'Alger et de l'O.A.S. Il m'avait dit à sa sortie de prison :

— Pour comprendre ce que vous avez fait de *nous*, va à Djibouti. Je te donnerai un mot. Ils te montreront Machonnard…

Djibouti, deux heures du matin. J'atterris par une de ces nuits écrasantes de chaleur qui paraissent changer les étoiles glacées en de minuscules soleils enragés. On pompe l'air dans l'avion pour vous permettre de respirer et à la sortie du Boeing on se tourne avec inquiétude vers les réacteurs : sont-ils en feu ? Est-ce de ces trous béants que vient cet invisible incendie ?

Je n'ai pas dormi. Comme beaucoup d'anciens officiers de métier qui s'étaient heurtés aux « soldats perdus », leurs frères, je m'étais souvent demandé si je ne luttais pas surtout contre moi-même, contre cette nostalgie douteuse par son romantisme d'un autre âge, mais si tenace, qui me faisait peut-être regretter mon propre passé et cette armée haute en couleur, riche de figures légendaires, qui m'avait marqué pour la vie…

Ils sont tous là. Il ne manque pas un mouchoir blanc sur une nuque de légionnaire, pas un burnous rouge de spahi, pas un rire dur de ceux qu'on appelait jadis les « joyeux »… Vous les verrez tous, dans les rues de Djibouti, pour encore quelques secondes d'histoire, ces fantômes bien vivants surgis d'un monde évanoui, d'une France dont la « force de frappe » était faite de ce qu'on appelait alors « matériel humain ».

J'ai vécu avec le Groupe nomade, celui qui veillait autrefois sur les confins sahariens, avec ses chameaux et ses postes tout blancs perdus dans le désert que les anciens de Sidi-bel-Abbès appellent encore entre eux « bordjs », dans un murmure un peu honteux… Ce sont les mêmes murs crénelés avec leurs sentinelles noires qui scrutent un horizon d'où ne sortiront plus pourtant les cavaliers *chleuhs* d'Abd el-Krim, le chef de la révolte du Rif marocain, il y a quarante-cinq ans.

J'ai vu ceux dont vous chercherez en vain les mines « colonialistes » lors de nos défilés du 14 Juillet : les sérouals noirs des hommes de la frontière éthiopienne sont ceux de *L'Escadron blanc*, les « marsouins » et l'Infanterie coloniale n'ont rien perdu de leur allure et qui savait donc que les Bat' d'Af' existent toujours, cet enfer disciplinaire des « fortes têtes » dont ne parle jamais notre T.V. ? Ces Bat' d'Af' auxquels il ne manque qu'un Papillon pour vous rappeler le bagne de la Guyane, et où le sadisme des punisseurs fait un si bon ménage avec le masochisme des punis.

À quelques kilomètres de l'endroit où les marchands d'esclaves, à l'époque de Monfreid et de Kessel, enterraient dans le sable brûlant des enfants châtrés afin que se cicatrisent plus vite les plaies de ces futurs eunuques destinés aux harems d'Arabie, se dresse derrière des barbelés le camp disciplinaire où continuent à être célébrées des épousailles morbides : celles où le goût du châtiment physique reçu se marie parfois avec celui de la souffrance infligée...

Il est sept heures du matin. Dehors, la chaleur n'a pas bougé : jour, nuit, c'est le même feu épais, soutenu, nourri. L'hélicoptère qui me soulève semble chercher l'air de ses pales, n'est plus qu'un ventilateur : c'est la seule bouffée de fraîcheur que l'on arrive ici à soutirer du ciel.

Vingt minutes plus tard, je me retrouve sur un banc de sable, une bande étroite de quatre cents mètres, au milieu de la mer Rouge, face aux montagnes du Yémen : c'est ici que passe ses week-ends le dernier proconsul de France. À cent mètres du récif de corail, des bouillonnements soudains agitent des eaux émeraude : les requins. Madagascar excepté, c'est la plus forte concentration de requins dans cette partie du monde...

Je sens le sol bouger sous mes pieds et évite de baisser les yeux, pour échapper à la nausée : les crabes. Ils sont quelque vingt mille sur cet îlot : le sable bouge sans cesse, grouille, finit par donner le mal de mer. Ils sont jaunes avec des allures de danseuses en tutu ; des crânes sur pattes, avec des bouches rouges en cœur qui évoquent irrésistiblement celles des *girls* des Folies-Bergère à l'époque de Mistinguett. C'est à peine s'ils s'écartent sur votre passage : le haut-commissaire de France a pour eux une tendresse qui se manifeste par des assiettes de sirop de grenadine sur lesquelles ils gigotent dans un immonde accouplement. Ils sont apprivoisés et leur foule ne cesse de grandir autour de nous.

L'homme dont les dimanches sont ainsi protégés contre les importuns par cette garde du corps bien connue du Tout-Djibouti officiel, fut pendant longtemps ce que les morts-vivants de la bien-soumise bourgeoisie appellent un « aventurier ». Résistant, homme de confiance du général de Gaulle, il avait vu son fils tué à sa place aux heures de l'O.A.S… Un deuxième fils tué. Un frère amiral tué… Ambassadeur en Bolivie, il a probablement sauvé par ses coups de gueule Régis Debray d'une exécution sommaire « lors d'une tentative de fuite… ». Écrivain Série Noire, il a inventé deux mots qui sont passés — hélas ! car voilà qui en dit long sur l'époque — dans le langage : « gorille » et « barbouze ».

Dominique Ponchardier. Cet « aventurier » au profil de corsaire travaille quinze heures par jour pour empêcher la population du territoire de crever de sous-alimentation et de tuberculose. Une espèce de victoire : chaque année, le taux de mortalité baisse. Il y a deux ans encore, Djibouti était un camp entouré de barbelés. Aujourd'hui, l'amitié a triomphé provisoirement des convoitises des voisins. Le départ de la France ? Quand on voudra… Il n'y a pas ici de « profit » à tirer, pas de position stratégique « impérialiste », pas de matières premières volées au peuple : il n'y a *rien*. La seule chose que la France peut « tirer » ici, c'est trois cent mille hommes hors de leur néant.

Cet homme est le seul taureau que j'aie vu à ne pas avoir un air bovin. Une petite croix de Lorraine autour du cou, dix fois plus discrète que la mienne.

— Ici, nous avons de la chance : il n'y a rien à prendre…

Quelques jours auparavant, à Addis-Abéba, un homme qui connaît son affaire m'avait dit :

— Le départ des Français de Djibouti ? Ça ferait dans les trente mille morts après l'entrée des

18

Éthiopiens ou des Somaliens et autant sans l'aide de personne…

Les raisons de la haine tribale entre les Afars et les Issas se perdent dans la nuit des temps. Ils ne les connaissent plus eux-mêmes. Mais la haine demeure : c'est la seule unité profonde que connaît cette terre sans ressources et sans pitié. Si l'enfer vous tente, venez-y : vous serez comblé. Cent mille volcans sont morts ici pour faire de cette région d'Afrique un chaos noir de rocs calcinés où seuls les épineux gris acier font vivre les chameaux et les chèvres. Tout, ici, n'est plus que géologie et ne rappelle le destin commun des hommes que par des tombeaux que des pierres posées en cercle signalent aux vivants. Dans des cahutes coniques qui rappellent les « yourtes » de mon ancestrale Mongolie vivent des êtres humains qui paraissent faits d'ombres : une maigreur d'épineux…

— Qu'est-ce que la France fout ici, Ponchardier ?

— Elle lutte contre la nature et ici, la nature, c'est une sale bête sans pitié… Lait de chameau, lait de chèvre. J'ai essayé le régime : j'ai failli crever. Pour le reste…

Un accent de tristesse. C'est un homme qui n'est pas né à son époque : celle des conquérants…

— Pour le reste, tu verras ici l'armée de l'Empire mort. À l'état d'échantillon. Elle se rend en quelque sorte les derniers honneurs. Une espèce de musée… Trois mille hommes, mais tout y est… Il ne manque que le père de Foucauld. Nous mettons ici le point final à l'ère des empires coloniaux et nous veillons à ce que ce point soit lumineux…

Vous me direz : nous avons déjà entendu cette chanson. Que le colonialisme ait été un échec, pour le constater, il suffit de parcourir l'Afrique indépendante : tout ce qui ici n'arrive pas à naître, à reconstruire, c'est notre œuvre. Si le colonialisme avait été une entreprise digne de la civilisation, il n'y aurait pas eu en Afrique, aujourd'hui, cet effort désespéré de bâtir sur des fondements qui ne furent jamais posés. Lorsque les anciens colonisateurs se moquent des échecs africains, ils se moquent d'eux-mêmes. Mais sur ce territoire, dont les seules ressources futures seront sans doute les eaux chaudes souterraines comme laissées derrière elle par le passage de quelque Apocalypse et qui permettront peut-être de bâtir un jour des usines thermiques, on dirait que la France a entrepris une tâche impossible : réhabiliter l'Occident…

— C'est une armée qui ne lutte plus que contre la tuberculose et je te jure qu'elle est plus dure à vaincre que les tanks de Rommel à Bir-Hakeim… Parle à Gossard.

Gossard, ce n'est pas le vrai nom de ce médecin-capitaine de trente-quatre ans. Il veut être ignoré. Peut-être par rancune : c'est un pied-noir. Marié ici à une femme ravissante ; bon vivant, rien du missionnaire esseulé... Or, je n'ai jamais rien vu de pareil : pendant dix ans, dix-huit heures sur vingt-quatre à courir des pistes impossibles, des pistes où l'on s'ensable dix fois sur vingt kilomètres, où les moteurs eux-mêmes font pitié, dans une chaleur qui fait maigrir de deux kilos par étape. Huit litres d'eau par jour est la ration minima, sans quoi vous finissez par avoir les reins bloqués.

Gossard passe sa vie à répondre à des appels au secours lancés par radio d'un poste inaccessible où une femme est parvenue à porter son enfant bouffé de fièvre, toujours in extremis, le dernier quart d'heure, le dernier instant... Une Land Rover enlisée pendant une heure peut signifier la mort d'un être humain anonyme, mais que son anonymat même rend plus proche de vous parce que vous touchez là le fond fraternel des hommes... La fraternité anonyme, sans visage, sans nom, sans lien personnel ; la fraternité à l'état pur, la vraie...

L'ai-je assez regardé ce diamant humain, et celui qui le porte en lui n'est même pas conscient de sa richesse... Ce n'est ni un saint ni un héros : c'est un homme qui aime la vie et l'amour au point de ne pas reconnaître au destin le droit de frapper la terre de malheur. Il faut avoir fait ici quinze jours en *babour* — le nom s'applique à tout véhicule à roues — ou à dos de chameau, à pied, pendant des heures, sous un ciel qui mérite bien de crever à son tour, après tant de souffrance infligée, pour comprendre ce que j'entends par « diamant », lorsque je vous parle de ce qui brille dans les yeux et le cœur de ce médecin « colonial »...

Commencez par le quotidien, le banal : les morsures de serpents. Dans cette sécheresse qui fait crever partout la terre et la fait éclater sous nos pieds comme du papier, j'ai vu aux points d'eau les serpents fous se glisser vers les puits entre vos pieds dans l'aveuglement de la soif. Tout ici n'est que pierraille, et les reptiles apparaissent brusquement à la surface comme une floraison mortelle et instantanée. L'effet est hallucinant : la mince couche de terre rougie par le soleil n'a plus de consistance et, très vite, vous commencez à éprouver une peur primitive en sentant votre pied s'enfoncer dans une poussière qui cache peut-être je ne sais quel horrible grouillement.

Dans cette région à l'est d'Assal, où sur cent kilomètres carrés les cailloux noirs, vomis par les volcans, s'amoncellent en forme de pains de sucre, un géologue a filmé une floraison de tiges qui animaient par milliers de leurs oscillations ces monticules funéraires : les serpents. Leurs morsures entrent pour environ un tiers dans les appels au secours reçus par le capitaine Gossard. La morsure élargie immédiatement au couteau et le venin sucé empêchent la victime de mourir : il reste à traiter une paralysie des membres et une fièvre que supporte difficilement un organisme sous-alimenté.

Des cas parfois ahurissants : une femme avec une tumeur au bras qu'on opère pour trouver à l'intérieur... une tête de serpent, les dents encore plongées dans la chair. J'ai vu le cadavre d'un homme tombé dans une crevasse : sur le corps, plus de quarante morsures... L'adjudant qui l'avait trouvé m'avait dit que seuls les genoux et les mains étaient visibles dans l'ignoble grouillement : le malheureux était tombé en pleine fête nuptiale. Ces amours invertébrées ont quelque chose de démentiel : quelquefois, les reptiles crèvent, ne parvenant plus à se dénouer...

L'adjudant Garnier qui commande le poste de Gna reçut deux morsures alors qu'il portait dans ses bras un enfant mordu près du puits : il avait tué le reptile, mais il y avait deux autres serpents enfouis dans ses vêtements.

La rage semble avoir présidé ici à la création du monde...

Tous les services de l'armée coopèrent pour aider le médecin dans sa mission. Mais comment aider des êtres humains qui sont *habitués* à souffrir ? La plupart des gens meurent ici sans savoir qu'ils sont malades. Cette nature est un acte contre nature, on ne vit pas, on survit.

J'ai dit que Gossard est un pied-noir. Je crois que dans son dévouement acharné, il entre je ne sais quelle nostalgie. Parfois, on a l'impression qu'il *se venge*. Voilà qui est bien difficile à expliquer, mais ce jeune homme qui, jour et nuit, ne cesse de donner à ces « colonisés » le meilleur de lui-même, semble régler des comptes, on dirait qu'il cherche *à prouver*... Peut-être mon imagination de romancier me joue des tours, mais l'acharnement que met à sauver et à remédier cet Algérois qui a perdu sa patrie, n'est-ce pas un peu la volonté de montrer ce que sa patrie a perdu ?

Dans les six *bordjs* que j'ai visités le long de la frontière abyssine avec leurs échos des films d'autrefois — *Sergent X, Beau geste, La Bandera* — les sous-offs qui les commandent accueillent chaque matin des êtres humains dont certains ont parcouru cinquante kilomètres à pied en portant leurs malades.

— La grande difficulté, dit Gossard, c'est de leur faire comprendre l'existence de la maladie. Pour eux, la souffrance c'est normal... Lorsque la douleur devient intolérable, alors seulement ils font appel à nous... Neuf fois sur dix, c'est trop tard...

J'ai vu un adjudant para, un de ceux dont l'aspect rude et le crâne rasé nous font parler de « brute coloniale », pleurer d'impuissance en tenant dans ses bras un enfant agonisant...

— Pourquoi êtes-vous là ?

Il me regarda froidement :

— La solde est meilleure...

— C'est la solde qui vous fait pleurer ?

— Allez vous faire foutre, me dit-il. Quatre ans d'Indochine, trois ans d'Algérie, des milliers de camarades morts...

Il se ressaisit :

— Excusez-moi. Mais vous savez, je suis de ces paras que vous avez sans doute traités de SS ou, plus gentiment, de tortionnaires... Alors, vous voyez, je suis ici pour continuer les tortures...

Sur la table de chevet, j'ai aperçu la photo de sa fiancée qu'il n'avait pas vue depuis trois ans :

— Elle vous écrit ?

— Non.

Mais il lui écrit, lui, deux lettres par semaine. Ce qui compte, c'est de s'imaginer qu'il y a quelqu'un quelque part qui pense à vous...

— Qu'est-ce que vous comptez faire quand votre séjour réglementaire sera terminé ?

—Je vais rempiler. Ces gens-là se sont habitués à moi…

Lisez : j'ai besoin d'eux… Ce qui fut peut-être le plus grand crime du colonialisme, ce sont les hommes comme celui-ci, dont l'abnégation et le sacrifice ont servi d'alibi à une exploitation éhontée et à des profits énormes : les bénéfices sont restés dans les poches de la puissance qui proclamait à tout venant sa « mission humanitaire »…

— Vous n'avez pas l'impression de gâcher ici votre jeunesse ?

Il hausse les épaules.

— Ces gens-là ont besoin de nous…

C'est une histoire d'amour.

C'est derrière des hommes comme celui-ci que s'est cachée pendant un demi-siècle la honte des comptoirs africains. Le crime que l'on a commis contre les peuples noirs a un frère jumeau : le crime que l'on a commis contre l'armée française défunte. Les poches se sont remplies au prix de la sueur et de la misère africaines et cette puante affaire se parait de la sainteté du père de Foucauld…

Presque tous, à commencer par Gossard, me font la même réponse. Leur « temps » terminé, ils vont revenir, continuer…

C'est à croire que l'aventure colonialiste vit ici, à titre posthume, un étonnant moment d'authenticité…

L'îlot de sable bouge autour de moi. Les crabes jaune citron font cercle autour de nous, touchés de rouge par le soleil couchant. Immobiles, ils nous regardent comme une armée casquée prête à l'assaut final.

— Un beau jour, ils vont te bouffer, dis-je à Ponchardier. Le jour où ils vont se décider…

Mais le proconsul de France est occupé : assis dans une chaise longue au milieu des crabes, sur ce trait de sable minuscule au milieu des flots, il regarde *Les Trois Mousquetaires* sur l'écran de sa télé portative. Comme tous ceux qui ont représenté la France dans les pays sous-développés, il a l'habitude des crabes et des requins… Parfois, il se lève, cherche Djibouti à travers ses jumelles.

— Merde !…

Une lueur d'incendie monte au-dessus des raffineries de pétrole dans le port… Ponchardier court au poste-phonie :

— Dites donc, Roger 5, qu'est-ce que c'est que ces flammes dans le port ?

Un moment de silence…

— Ah ! oui, j'avais oublié…

Il revient vers moi, un peu déconfit : c'est le genre d'homme dont on ne sait au juste s'il est déçu ou content, lorsque ça ne saute pas...

— C'est le *mourad*. Tu devrais faire un tour...

Entendez : j'ai envie d'être seul. On ne devine pas, à voir cet homme à toute épreuve et sa souriante épouse, la profonde meurtrissure dont la mort de deux fils a marqué ces âmes fortes. Que Mme Ponchardier me pardonne cette trahison : je l'écris ici parce que la dureté est à la mode depuis Hemingway, et les larmes, on le sait, ça ne se fait plus... À l'heure du couchant, je l'ai vu marcher en pleurant dans son désert privé. Et pourtant, le père de ce fils, lâchement, bêtement abattu par les dingues enragés de l'O.A.S. est sans haine envers les assassins : la preuve, c'est Machonnard... Mais j'écris ces lignes au moment où je les vis et je ne sais encore si je suis venu ici à la poursuite du vent, d'une légende, d'un imaginaire né dans la solitude d'un *bordj* perdu sous les étoiles...

Le proconsul travaille dans un palais du plus vieux et désuet style colonial, qui aurait enchanté Lyautey. Mais il passe ses « loisirs » avec sa femme dans une cabane de son île déserte en compagnie de ses fils tués.

Une barque me ramène en deux heures à Djibouti, dans un couchant écarlate et bleu où glis-
sent les boutres aux mâts obliques. Autour d'un
récif qui sert ici de point de ralliement aux conteurs de nuit qui cessent d'être des pêcheurs
pour redevenir des récitants, les eaux bouillon-
nent de requins au point que la barque est frei-
née, enlisée presque dans cette épaisseur de
brutes. Cousteau descend là-dedans en souriant
avec ses compagnons...

J'ai vu tous les océans sauf l'Arctique et l'An-
tarctique ; mais la mer Rouge a une magie unique, celle de tous les échos, mystères et senteurs
de l'Arabie. La côte du Yémen, en face, fut il y
a quinze ans encore la plus interdite du monde.
Sur ces eaux qui n'ont de rouge que le sang du
soleil flotte je ne sais quelle absence, je ne sais

quelle prenante nostalgie. De Suez à l'Éthiopie, de La Mecque à l'océan Indien, les côtes désertiques nourrissent de leur vide une poésie étrange comme un chant silencieux de l'Islam. De ces rives sont partis les conquérants du Maghreb et de l'Espagne, et chaque rayon étincelant du soleil évoque les sabres des cavaliers du Prophète.

Les affres politiques du monde arabe paraissent plus lointaines ici que les Mille et Une Nuits. Aucune autre mer du monde n'est plus éloignée du présent et nulle part ailleurs le passé évanoui n'a une présence plus envoûtante. Il y a une génération encore, ces boutres d'où monte vers moi la prière du soir étaient chargés d'esclaves, d'enfants eunuques, de vierges nubiles et d'armes de Sir Basil Zaharoff, le plus grand marchand de mort des temps modernes, à qui je portais jadis son petit déjeuner au Négresco, à Nice, où j'étais garçon d'étage en 1936.

À l'endroit même où je navigue sous les premières étoiles d'une nuit qui est encore ailleurs, là où traîne maintenant la carcasse d'un cargo que l'on est venu brûler discrètement ici pour toucher l'assurance, les douaniers français virent un *dhow* aux voiles brunes brûler soudain à leur approche, cependant que l'équipage s'éloignait à la rame. Ils trouvèrent à bord les restes à demi calcinés de vingt Somaliennes-enfants que l'on emmenait vers les bordels de Suez et d'Alexandrie. Pris de panique à l'approche de la canonnière, le capitaine avait fait arroser d'essence et brûler la « marchandise ». Il est sorti de prison et vous pouvez l'inviter à boire un pot et écouter ses souvenirs du « bon vieux temps » à Asmara, où il tient une gargote.

J'ai passé la nuit à errer de quartier en quartier dans Djibouti illuminé par les guirlandes d'ampoules multicolores, sur des tapis jetés dans la rue, mosquées en plein air improvisées où une foule multicolore célébrait la grande fête musulmane du *mourad*.

De jour, Djibouti est une ville d'une absence de couleur presque violente. C'est la capitale du néant, qui vit tournée vers l'extérieur d'où tout vient et tout repart. Autour… J'ai parcouru jadis le désert du Tibesti à la recherche des restes de mes camarades d'escadrille morts de soif auprès de leur avion, j'ai vu le Kalahari de l'Afrique du Sud, mais rien n'est plus mort que le chaos de rocs noirs qui commence au nord-ouest de la mer de sel, et où les volcans se sont éteints en même temps que la terre qu'ils ont bouleversée. Tout ici vous offre l'image de ce que sera un jour le point final de l'histoire de l'homme...

La prière musulmane y prend un accent désespéré. Elle monte de tous les coins de rue : le *mourad*, aidé par la griserie du *kat* qu'à défaut de haschisch on distribue aux fidèles, atteint à cette joie dans la lamentation que connaissent bien tous les amoureux de l'Islam...

— Ce qui a causé le plus de tort aux Arabes, à l'époque des empires, me dit Ponchardier, c'est la *beauté* de l'Islam... La poésie du désert, du marabout blanc, de la tente et du nomade avec ses caravanes... Les officiers anglais, en particulier, étaient amoureux fous de ce pittoresque. Ils en devenaient des travestis... On dit maintenant qu'ils freinaient le progrès par calcul sordide : c'est faux. Ils le freinaient par amour. C'étaient des enragés de la tente dans le désert et des cavaliers sauvages, et ils n'avaient qu'une idée en tête : empêcher que ça change... Il n'y a qu'à lire Lawrence d'Arabie. Plus un Européen était amoureux de l'Islam et plus il devenait sans le savoir son ennemi. La couleur locale et le pittoresque étaient préservés ici au nom d'une misère sans nom, perpétuée…

— Et toi, ici ?

Son visage s'éclaire. Comme une trace de l'enfance…

— Les usines thermiques. Il faut utiliser l'enfer : ici il n'est pas fait de feu, mais d'eaux souterraines bouillantes… Une source d'énergie inouïe. Dès que les centrales commenceront à sortir de terre, on nous demandera de partir, bien sûr… On partira, le cœur en paix.

Debout avec leurs turbans blancs dans la griserie d'une foule bourrée d'herbe stimulante, les marabouts vantent les exploits et la grandeur du Prophète. Sous la haute tente dorée de la nuit, dans chaque ruelle, c'est la même litanie, le même face à face des marabouts avec les fidèles qui les écoutent…

Est-ce une illusion, ou ai-je vraiment entendu le mot « Mao » se glisser à plusieurs reprises dans cette geste d'un autre âge, d'une tout autre épopée ? Non, je ne me trompe pas : le jeune marabout enturbanné et barbu a bel et bien trouvé le moyen de joindre, au nom de Mahomet, celui du dieu chinois. Sur les visages noirs des descendants des esclaves nubiens — paraît-il, les meilleurs du monde, et que l'on se gardait bien de vendre aux négriers américains — et sur les blancs visages arabes, une expression d'intense absence d'expression qui doit autant à la douce hébétude du *kat*, que l'on distribue généreusement, qu'à la bonne parole de cet étrange marabout... Mahomet, Mao, Allah... C'est une trinité intéressante. À suivre. Cela donnera peut-être à l'Arabie de quoi rêver pendant encore mille ans. Le lendemain, Ponchardier rigole :

— Oui, je sais... J'ai le rapport sur mon bureau. Le gars vient du Yémen. Cela me fait penser à la secte caodiste, en Indochine : ils avaient foutu Victor Hugo parmi leurs dieux... Ton marabout avec son Mao, ce n'est pas encore l'idéologie, c'est encore du conteur arabe, mais ça viendra...

Ça vient. J'ai vu le portrait de Mao à l'entrée d'une mosquée à Aden, à l'aéroport de Sanaa, au Yémen, et dans l'endroit le plus inattendu qu'on puisse imaginer : chez les pêcheurs de requins au nord d'Obok...

Mon garde du corps, qui s'est armé pour ce périple d'un revolver beaucoup plus par convention que par nécessité, me ramène à la Résidence, mais je lui fausse compagnie et m'en vais rôder parmi les prostituées du quartier réservé... Quartier Trois, dit-on ici simplement. Toutes ces filles sont importées d'Abyssinie : c'est la plus active contrebande à l'heure actuelle, entre le territoire et le Royaume du Lion de Juda, Sa Majesté Haïlé Sélassié. Le Groupe nomade donne la chasse aux caravanes de chameaux qui franchissent la frontière avec leur cargaison de délices. Il confisque la « marchandise » âgée en moyenne de seize ans et renvoie les filles dans leurs villages, au grand désespoir des parents et des chefs dont c'est la principale source de revenus.

J'ai assisté à la prise d'une de ces caravanes : repérée en hélicoptère, traquée en jeep, la colonne de trente chameaux transportait vingt femmes, toutes dûment munies d'un « contrat » de domestique, et ce trafic est d'autant plus difficile à stopper que la première étape est, en effet, souvent un emploi de servante. Le patron caravanier, qui ressemblait à un Peter Ustinov, version noire, était indigné : il était en règle. Un seul argument pour les autorités : l'absence d'un permis de travail. La raison de ce trafic ? Les filles locales — les Somaliennes sont les plus belles créatures d'Afrique, des nuits étoilées incarnées en femmes, traînant autour d'elles je ne sais quelle aura de reine de Saba et de Néfertiti — les Somaliennes sont... inutilisables.

— L'infibulation, m'explique Ponchardier. Un véritable fléau. Il faudra encore vingt ans pour faire cesser cette ignominie...

L'infibulation : j'ai dû chercher le mot dans le dictionnaire. Mais, certains soirs, lorsque vous marchez parmi ces boîtes d'allumettes que sont les maisons du quartier autochtone, vous entendez des cris d'enfants déchirants...

Je connaissais déjà l'ablation du clitoris, dans les tribus africaines. Ma première femme « épousée » pendant la guerre en échange d'un fusil de chasse et de six pots de moutarde dans la région du Chari, portait cette plaie rituelle... Mais je n'avais jamais entendu parler de cette atrocité préhistorique que l'on pratique au moment même où j'écris sur *toutes* les fillettes chez les Afars et les Issas...

À sept ans, on coupe le clitoris de l'enfant. Mais cela ne suffit pas, apparemment, à garantir la « nouveauté » et la primeur de la vierge offerte au mari. Alors, on la *scelle*. Entendez par là que les lèvres du sexe sont cousues. On force l'enfant à demeurer quinze jours les cuisses fermées, pour que la « fermeture » se consolide et se cicatrise.

La nuit des noces, les commères viennent ouvrir le chemin au mari d'un coup de couteau... Voilà pourquoi vous ne trouverez pas de prostituées somaliennes à Djibouti... La vertu des filles, ici, est vraiment incomparable.

Quant au statut de la femme... On m'a parlé d'un « scandale » : l'infirmière somalienne d'un hôpital dans le Nord du pays apprend à conduire... La fin de tout, quoi !

Il y a un lycée mixte à Djibouti : on y étudie les mathématiques modernes, la philosophie... On y passe le bachot. Et toutes les jeunes filles de ce lycée sont *cousues*...

— Le plus ahurissant, me dit Ponchardier, c'est que ce sont les femmes qui défendent cette « tradition » avec le plus d'acharnement...

Est-ce une sorte de vengeance, une rancune, la crainte subconsciente que la nouvelle génération échappe au destin qu'elles avaient subi ?

— La fille de mon maître d'hôtel a sept ans, grogne Ponchardier. Je l'ai convaincu de renoncer à l'infibulation, mais la smala des femmes, à la maison, est bien décidée à « coudre » la petite…

Je laisse à la Résidence mon garde du corps et reviens traîner dans les ténèbres du Quartier Trois. Les prostituées, sur leurs chaises, sont à peine visibles, nuits sur fond de nuit… Parfois un militaire allume son briquet et regarde la fille de plus près, histoire de s'assurer qu'elle a tout de même un visage. Pour les légionnaires, les rapports sont plus personnels : ils passent des espèces de contrats d'exclusivité avec les filles… Leur santé y gagne. Pas de sollicitations : la nuit et le silence.

Un regard brille à ma droite : deux étoiles tombées qui se lèvent vers moi de la poussière… J'ai envie de lui parler, de savoir ce que peut être cette vie de tout-à-l'égout. Je frotte une allumette : un beau visage luisant, un de ces visages éthiopiens longs et fins où se retrouve la marque de la première aristocratie du monde, celle des Ramsès et de Toutankhamon. Ne dit-on pas que ce peuple descend de l'ancienne Égypte ? Mais on est ici plus près des tombes que des pharaons…

La cabane sent la terre et l'herbe sèche, dans un grattement continu d'insectes rongeurs. Sur le sol où la lampe est posée dans un trou creusé, le passage furtif et fulgurant des lézards bleus… Il y a quelque chose d'immémorial dans cette tranchée primitive où se célèbre le rite le plus ancien de la terre : le repos du guerrier…

Je n'ai pas le temps de dire un mot que déjà elle est nue, assise sur le bord du lit de camp, les jambes ouvertes sur un sexe d'une noirceur qui fait pâlir la nuit…

Je demeure coi, saisi de stupeur : tout ce corps à soldats est couvert de *signatures*. Je dis bien, de signatures : des hommes ont fait tatouer leurs noms sur cette véritable pierre tombale sous laquelle reposent les rêves des hommes sans amour. Des noms, des dates, comme sur un lieu de passage. Je lis sur un sein : *légionnaire Strauss, 1965 ; caporal Bianchi, 1967…* Au-dessus du sexe : *Kriloff, roi des b…* Où êtes-vous aujourd'hui caporal Bianchi, légionnaires Strauss et Kriloff, est-ce la seule marque que vous avez laissée de votre passage sur la terre ? Quelle mort vous a habités dans la vie ?

Sur le dos, sur le ventre, des commentaires flatteurs et des précisions sur le fonctionnement de cette pauvre mécanique humaine : *se laisse... S... bien.* Je croyais avoir tout vu dans ma vie. Mais pas ces marques abominables de néant intérieur et d'un désespoir haineux, avec leurs relents de fosse commune et d'Eichmann. Tous ces graffiti sur cette tombe vivante, on pourrait les remplacer par ces quelques mots : *Ici est venu mourir l'honneur des hommes...*

Ce n'est plus la peine de l'interroger : j'ai eu toutes les réponses. Strauss, Bianchi, Kriloff, je sais maintenant comment, de quelle haine de soi-même sont nés le nazisme et Auschwitz...

Je paye, je me lève. Elle s'inquiète ; une affreuse inquiétude féminine jusqu'au bout :

— Pas assez jolie pour toi, missio ?

Je lui ai pris la main, je l'ai baisée et je suis parti...

C'est avec le soleil, à Djibouti, que se lèvent les fantômes. L'armée de l'Empire français évanoui sort du passé et emplit la ville de ses uniformes d'autrefois et de ses jeunes visages d'aujourd'hui. Les rues bordées de vieilles demeures des marchands indiens, où l'on aperçoit les saris multicolores sous les grands ventilateurs d'antan, se mettent à vivre d'une étonnante existence de souvenirs d'épopée et de panache.

Ce burnous rouge sur les épaules d'un spahi, c'est le lieutenant de Bournazel, cible d'une visibilité provocante et moqueuse, tombant sous les balles des « insoumis » dans les guerroyances du Rif. Ce mouchoir blanc, contraire au règlement, sur la nuque du légionnaire yougoslave revenant d'une nuit au Quartier Trois, c'est Sidi-bel-Abbès au temps de la « gloire ». Ce missionnaire qui porte encore le casque colonial et une barbe noire de guerrier, c'est le père de Foucauld quittant l'armée pour prêcher dans le désert et se faire assassiner, comme il se doit, par ceux qu'il aimait. Le Groupe nomade a troqué ses chameaux des pistes sahariennes contre des *babours*, mais il garde ses chameaux par tradition et nostalgie et ce sont ceux de *L'Escadron blanc* et du capitaine de Saint-Joul, disparu au pays des hommes bleus, les Touaregs.

Au camp des Bat' d'Af' d'Obok, les têtes ont le même air sado-maso et leurs sourires suent toujours la joie de l'enfer. On part ce matin à la poursuite des trois têtes brûlées qui fuient vers l'Abyssinie, après avoir assommé le capitaine. S'ils atteignent la frontière, ce sera une prison éthiopienne, et s'ils sont repris — ils le seront — ce sera la jouissance d'une cruelle punition, ce que, peut-être, ils recherchent. Leurs camarades ont mis une chienne en chaleur dans la cage aux singes de leur commandant et ils ont assisté à la copulation, pas très différente de leurs propres joies nocturnes.

Les képis noirs de l'infanterie coloniale fleurissent comme à Hanoï à la terrasse des cafés. Les marins n'ont plus droit à la jugulaire sous le menton, mais le menton est toujours celui de Jacquelin de La Porte du Vaux, mort il y a vingt-cinq ans, le dernier homme, sans doute, à prendre un bateau ennemi à l'abordage. Ils sont tous là à l'état d'échantillons, de spécimens, et moi, qui fus jadis et pendant si longtemps des leurs, je suis partagé entre une nostalgie qui va certes plus, mes livres en témoignent, à ma jeunesse, qu'à la France « coloniale », et une envie de rigoler. Mais ce que ces fantômes ont d'irréel est compensé par une réalité que j'ai vue et dont je témoigne ici : sous ces airs de m'as-tu-vu se cachent des infirmiers, des nourriciers, pas un de ces hommes qui ne soit au service de tout autre chose que les « intérêts français »...

Deux heures d'hélicoptère par-dessus des basaltes noirs où éclate soudain la blancheur aveuglante d'un désert de sel. Le paysage — si l'on peut appeler ainsi cette hostilité pétrifiée — est à ce point ennemi et obstacle qu'il semble défendre jalousement l'accès de quelque Atlantide aux trésors fabuleux. Mais le seul héros, ici, c'est la *doura*, la farine que l'armée porte vers des campements-villages dont on ne connaît jamais avec certitude l'emplacement. Pas de *doura*, pas de chameau, et le chameau veut dire ici la vie, lait et viande. Je les ai vus déchirer une bête tuée avec leurs dents… Les postes blancs du Groupe nomade sont ici des lieux de survie.

Au poste X — j'ai promis la discrétion aux deux officiers qui m'accompagnent — j'ai assisté sans doute aux palabres « judiciaires » les plus étranges qu'on puisse concevoir à l'époque des cosmonautes. Il est presque impossible de croire que l'affaire se déroule à sept heures d'avion de Paris. Car voici : un Issa a tué un homme de la tribu des Afars. Le chef de la tribu est venu au poste en appeler au représentant de la civilisation : le prix du sang n'a pas été payé. Le barème est fixé depuis les temps les plus lointains : le prix d'une vie humaine = au prix d'une paire de testicules = au prix de seize chameaux = au prix d'une femme.

C'est un pays où l'on a vraiment la manie des testicules — et pas toujours au bon endroit. On en faisait des bracelets, des colliers, c'est à croire que l'argot français est allé chercher le mot « bijoux » auprès des Dankalis. Ces ornements, à présent, ont disparu — j'entends, ces marques extérieures de la virilité ne se voient plus que là où elles poussent. Mais personne ne sait combien de ces tractations ont toujours lieu secrètement au fond du bled. Et leur valeur est toujours, si j'ose dire, cotée en Bourse : ainsi que je l'ai dit, à défaut de testicules, le prix du sang est de seize chameaux.

Seulement, voilà : le chef Dankali — depuis l'assassinat passé dans la légende de l'administrateur Bernard, en 1936, le mot « Dankali » a fait place à celui d'Afar, pour effacer l'opprobre — le chef réclame le prix de *soixante chamelles*. La ruine d'une tribu. Le commandant du poste palabrait depuis plusieurs jours pour rétablir, en quelque sorte, le cours légal de seize chameaux. Le Dankali jurait qu'il ne pourrait, à ce prix, empêcher les représailles. Le malin savait bien que c'était l'administration française qui allait payer et il haussait le prix en conséquence. Un mot du commandant remit les choses en ordre.

— Très bien. On te donnera les chamelles. Mais pendant un an, tu achètes ta *doura*. On ne te la donne plus.

Le chef accepta les seize chameaux illico. À quoi reconnaît-on un chef, parmi ces miséreux ? À ce que les autres lui baisent la main.

— Il faudrait instaurer le contrôle des prix, bougonne le commandant. Vous ne trouvez pas que seize chameaux pour une paire de couilles, c'est exorbitant ?

— Ça dépend, dis-je avec dignité.

Dans les affaires, il faut être prudent.

Je m'embarque dans le *babour*, un peu rêveur : avec seize chameaux, on peut faire pas mal de choses... Oui, mais d'un autre côté, sans... Je m'endors en me disant que décidément, les affaires ne sont pas pour moi.

Je me réveille en sursaut, le cœur dans la gorge : une matière épaisse obstrue ma bouche, mes yeux à peine entrouverts sont bloqués, je reçois des coups de fouet sur la figure... En quelques secondes, tout est fini : mais le tourbillon de sable a eu le temps d'emplir la Land Rover, le sable nous monte aux genoux, le commandant ressemble à la statue du Commandeur, son chien a disparu complètement, se débat quelque part au fond, on le tirera de là hurlant à la mort. Je me retourne. Un tourbillon blanc court sur la pierraille, change de direction, revient : un fantôme en folie. À l'horizon, trois autres de ces derviches tourneurs, la tête dans le ciel.

— Regardez !

À cent mètres à ma droite, un chameau est soulevé, jeté en arrière, se renverse les quatre pattes en l'air... Deux nouveaux danseurs de poussière frénétique foncent vers nous à une vitesse folle, étonnamment symétriques, harmonieusement unis dans leurs évolutions... Rien de plus surprenant que ces soudaines apparitions de démons blancs au milieu de cet univers de rocaille brûlée : les Dankalis les appellent « ceux qui sont chassés du ciel ». Et il est vrai que si des âmes damnées étaient rejetées vers la terre, il serait difficile de les imaginer autrement...

Nous passons entre ces piliers en rupture de ciel, mais notre moteur s'étouffe quatre cents mètres plus loin. Il faut attendre : les *babours* signalent par radio du poste leur heure de départ ; si le retard est trop grand, le poste qui les attend envoie un véhicule. Et pourtant cette région où les épineux eux-mêmes sont lourds de poussière, où tout meurt pulvérisé sous les assauts du soleil, se transforme parfois en quelques secondes en un marécage : l'année dernière, sept Dankalis ont péri, noyés sur la même piste, coincés entre les eaux qui débordaient et la mer de sel du lac Assal, qui a normalement une solidité de pierre et où se posent les avions, mais qui, après quelques heures de trombes d'eau, engloutit tout ce qui s'y risque. Peu après la guerre, une averse foudroyante y avait fait couler un camion…

Je n'ai pas assisté à ces déferlements célestes : en cette saison, on y meurt autrement. La sécheresse et le déluge battent la coulpe de ce pays où tout semble né pour le châtiment. Pourquoi des hommes ont-ils choisi de vivre ici ? Quel plus cruel ennemi que cette terre fuyaient-ils ? À quel inimaginable destin cherchaient-ils à échapper pour que cette hostilité géologique pût leur apparaître comme un refuge ? Personne n'a su me donner la réponse.

C'est en attendant le *babour* de repêchage que j'ai rencontré Chip Davis, d'Ohio. Rien n'illustre mieux l'explosion de la jeunesse américaine que cette rencontre. Il y avait à un kilomètre de nous quelques yourtes aux parois tissées de branches d'épineux. Vingt chèvres, trois hommes, deux femmes. En entrant dans la cahute pour voir comment vivent ces contemporains des premiers hommes sur la Lune, je trouve assis par terre, en train de jouer d'une flûte de berger dankali, un hippie aux cheveux roux, des jeans, une chaîne composée de signes du Zodiaque, l'insigne de la paix sur un médaillon autour du cou.

— Qu'est-ce que vous êtes venu foutre ici ?

— Rien.

— Bon, mais enfin, pourquoi ?

Il réfléchit. Des taches de rousseur. Il ressemble à Huckleberry Finn :

— J'ai voulu partir loin.

— C'est assez loin pour vous ici ?

— Pour le moment, oui.

On les ramasse par milliers à demi morts au Népal, au pied du Kilimandjaro, sur les bords du Gange... La retombée humaine d'une explosion de désespoir que la pression matérialiste a provoquée. Il est plus maigre qu'un Dankali : pour quelqu'un qui est encore en vie, une espèce de record. Dix-huit, dix-neuf ans.

— Vous avez besoin de quelque chose ?

Il me regarde fixement. J'ai l'impression d'avoir posé la question la plus idiote de ma vie...

Le poste de Khor Anghar, où nous aboutissons enfin, est commandé par un chien qui s'appelle Félix. Il vous frappe immédiatement par son air autoritaire : il y a des chefs qui sont nés pour commander. Il tient du fox-terrier et de Dieu sait quoi, et son commandant en second, un adjudant, lui obéit au doigt et à l'œil.

Le matin, Félix préside à la levée du drapeau, après quoi, il emmène les chameaux vers leurs « pâturages » d'épineux ; le soir il part à la chasse aux hyènes. Son adjoint, l'adjudant Hubier, est ici depuis deux ans. Le problème principal, en dehors des malades, c'est comme toujours, la *doura*. Les chefs de tribu se mettent aux mœurs modernes : ils la vendent au lieu de la distribuer…

— Vous avez vu les chameaux, ici ? Presque pas de bosse. Ce sont les réserves de graisse qui forment la bosse des chameaux. Lorsque je vois des chameaux bien bossus et d'autres plats, je sais qu'il y a trafic...

— Et au point de vue politique ?

— En sortant de chez le président Pompidou, l'empereur Haïlé Sélassié vient de prononcer quelques mots qui nous assurent la paix, ici, pour un bon bout de temps. « Nous espérons que lorsqu'elle se décidera à partir, la France nous donnera Djibouti... » J'aime mieux vous dire que depuis, aussi bien les Afars que les Issas nous regardent avec des yeux d'amour...

Et pourtant, même dans ce coin sans transistors, Mao est présent. Je l'ai vu à deux cents kilomètres à l'est, sur une plage où des centaines de requins, fraîchement séparés de leurs ailerons, séchaient au soleil dans une puanteur infecte. Les pêcheurs étaient yéménites, des gens « d'en face », comme on dit ici. Ils avaient dressé sur le sable une cabane d'épineux et à l'intérieur, Mao : un portrait *tout neuf*...

J'ai demandé à Ponchardier d'où, comment, en ces lieux hors du temps et presque hors de l'espace, ces pêcheurs de requins avaient pu se procurer un portrait de Mao flambant neuf. Venait-il de l'émirat de Muscat et Oman, où depuis dix ans grésille dans la province de Dhobar, sur l'océan Indien, une petite et tenace guérilla maoïste dont les bombardements des avions anglais n'arrivent pas à venir à bout ? Là-bas, dans cette étrange contrée verdoyante comme la Bretagne, Quabus, le fils du sultan bin Tamur, vient de détrôner de cinq coups de revolver son père, après une lutte farouche avec les esclaves gardes du corps, dans les couloirs d'un palais bâti en labyrinthe pour décourager d'éventuels conspirateurs. Le plus médiéval des derniers sultans d'Arabie avait tout prévu, sauf son fils...

— Tu n'y es pas. Le Mao que tu as vu ne vient pas de là-bas. Il vient tout droit de Paris. D'abord, il y a des étudiants qui viennent faire ici de l'assistance technique à la place du service militaire. Et parmi les enseignants, j'en connais un qui emmène bobonne et les gosses faire un peu de tourisme et qui joint l'utile à l'agréable en distribuant de la littérature maoïste... Si ça lui fait du bien... Parce que, pour ce qui est de l'effet politique...

Il se marre.

— Coller une affiche de Mao, ici et là, chez les pêcheurs de requins ou parmi les chèvres, ça veut dire à peu près autant que si on collait une affiche « Achetez une Cadillac »... Du super-luxe... Il n'y a pas encore ici de pouvoir d'achat idéologique. Cette affiche de Mao, c'est du paysage...

— Il y a ici un parlement, un gouvernement. Qu'est-ce que vous essayez de faire ?

— Nous faisons ce que nous pouvons. On se collette ici avec la mort. Entre l'absence totale de ressources quelconques, la tuberculose et l'influenza foudroyante, on vit en état d'urgence permanent... Quand je fais une tournée et que je vois un vieillard, c'est comme si on me faisait un cadeau... Tu sais ce que je veux leur donner ici ? Des cheveux blancs. Plus je verrai de cheveux blancs dans le bled, et plus je me sentirai riche. Si la France part d'ici en laissant derrière elle quelques milliers de beaux vieillards, je saurai que j'ai fait quelque chose de plus dans ma vie que trente romans policiers...

« En attendant, les cheveux blancs, c'est moi qui les attrape... Hier, un *babour* est tombé sur un village où ils étaient tous en train de crever de grippe, et ils ne savaient même pas qu'ils étaient malades, ils croyaient qu'ils souffraient un peu plus qu'avant, ce qui est à leurs yeux *normal*... Tu vas là-dedans, tu éternues, ça fait une épidémie et dix gosses morts... Tu as vu mon armée ? Il ne manque pas un uniforme de notre jeunesse. ... Seulement, tout ce que c'est, c'est un service sanitaire... Pour le reste — le luxe, je veux dire — on essaye de sortir les enfants du néant... Les instituteurs... »

J'en ai rencontré un. Je ne sais s'il a le portrait de Mao dans sa giberne, ou celui de Lénine, mais je vais vous dire : je lui souhaite de *gagner*. Ici, en France, partout. Ce n'est pas le genre de contestataire qui brûle des voitures : c'est le genre qui y va de sa sueur, de tout son cœur et de sa vie. Le genre d'hommes dont la passion éclaire le monde tout autrement que les forêts du Var incendiées...

Vingt-quatre ans : un « assistant technique ». Ah ! parlez-moi de cette « sale jeunesse », à qui « il manque une guerre » ! Je voudrais, petit instituteur, que vous reveniez vivant en France et que vous deveniez un de ceux qui feront encore un peu plus peur à nos vieux crabes, en dres-

sant le bilan de tout ce que, en cinquante ans de
« présence », *ils n'ont pas fait.*

Vous vivez seul dans un climat dont la mala-
ria, quoi qu'en disent les statistiques, n'a pas été
« à jamais bannie » : il n'y a qu'à vous faire une
prise de sang. Ce que vous refusez de faire :
cela signifierait le rapatriement. Vous avez une
chiasse qui vous fait pâlir toutes les dix minutes.
Oui, je sais, Gossard passe une fois par mois,
mais il ne gueule même plus, il est de votre
race : ce n'est pas lui qui signera l'ordre d'éva-
cuation. Les obèses qui n'ont jamais mis les
pieds hors de Djibouti et de leur export-import,
disent que vous faites ça… « pour ne pas faire
de service militaire ». Ah ! merde, voilà que l'envie me prend d'aller brûler une de leurs voitures, moi aussi.

Il y a ceux, ici — ici, cela veut dire dans un
rayon de deux cents kilomètres — qui viennent
vous adorer chaque matin : j'ai vu leurs yeux.
Vous savez que vous ne rencontrerez plus jamais de plus vrai amour. Pour convaincre les
parents qu'il faut laisser venir les enfants à
l'école et pour les arracher à leur travail de
bêtes de somme, il vous faut faire, de votre poche, des cadeaux aux papas.

Vous ne vous bornez pas à l'enseignement : un manuel de médecine et de chirurgie de campagne ne vous quitte jamais. Lorsqu'il n'est pas question de mettre le malade dans votre *babour* — ce n'est pas la France qui vous l'a offert, vous l'avez payé de votre poche — pour demander des secours par phonie du poste voisin, vous faites des miracles. N'avez-vous pas opéré l'année dernière un gosse de six ans d'une appendicite aiguë, avec je ne sais quels instruments de fortune, en feuilletant à la lumière d'une lampe à huile votre « manuel d'urgence » ? Il a fallu refaire l'opération, mais vous avez sauvé l'enfant. Vous seul, ici, réussissez à convaincre les lépreux de se rendre à la visite, de se laisser traiter. Votre solde y passe tout entière…

Vous savez ce que vous faites ici, petit instituteur d'Arcachon ? La révolution. La vraie. Pas celle des putes verbales à la Cohn-Bendit. Vous essayez de sauver, de changer, de tirer des ténèbres. Vous êtes gauchiste, vous détestez l'armée, la bourgeoisie, et vous avez hautement gagné ce droit, parce que vous vous êtes mis en règle avec vos idées, avec vous-même. Alors, je vous l'ai écrit dans ma lettre : si vous devez nous fiche en l'air, je suis de tout cœur avec vous, parce que je sais, j'ai *vu* ce que vous voulez, je suis de tout cœur d'accord avec vous, même si le monde que vous voulez bâtir ne peut l'être que sur mon dos.

À cent kilomètres de là, l'amoncellement pierreux devient effrayant. On se prend à penser à quelque ruine et chute prodigieuse du ciel. La piste arrachée aux rocs serpente entre des pyramides de cailloux de lave qui se succèdent à l'infini, opposant à l'œil humain une éternité de mort qui nous parle des âges d'avant notre venue sur terre et de ceux qui succéderont à notre disparition. Une géologie *autre*, comme venue d'ailleurs, tombée des mondes cosmiques. Plus trace de poussière. Impossible de décrire ce cataclysme pétrifié : les mots, le langage sont trop vivants... Le lieutenant arrête le *babour*.

— Venez voir.

J'escalade ces espèces de crânes noirs, aux trous béants comme des grimaces. Hamlet, ici, n'oserait même plus se poser sa fameuse question... Il n'y a plus d'interpellation, d'interrogation possible face à ce triomphe absolu de la matière. Le lieutenant me précède, un marteau à la main. Il s'arrête, se baisse, fait éclater ces têtes rondes de l'éternité…

Je reste bouche bée.

À l'intérieur, c'est un foisonnement soudain de couleurs chatoyantes, d'une vie que chaque rayon de soleil irradie de splendeur. Rose, pourpre, bleu, violet… Chacune de ces prisons de matière recèle un arc-en-ciel.

— Les géodes…

Si l'on faisait éclater ces milliards de poings infernaux qui sortent de cette mer de noirceur, ce monde calciné qui semble chargé de tous les deuils de la terre se mettrait à vivre sous nos yeux dans une explosion de couleurs, de la beauté de toutes nos émeraudes et de tous nos diamants, de tous les mondes enchantés de nos livres d'enfant…

Le capitaine me regarde.

— Maintenant, il y a deux heures de marche…

— Là-dedans ?

Chaque pas ici est un piège qui vous tord les chevilles… Mais ce n'est pas cela qui me fait hésiter. La plus vieille terreur du monde me creuse les tripes : les serpents. De chaque interstice une sale petite tête fulgurante peut jaillir à tout moment…

— Vous êtes venu ici pour ça, si j'ai bien compris ?

… Oui. Je suis venu pour ça. Il y avait des mois que la curiosité me brûlait et que le nom de Machonnard m'obsédait jusque dans mon sommeil. Est-ce de mes ancêtres maternels, tous bijoutiers et orfèvres depuis Pierre le Grand jusqu'au dernier des tsars, que je tiens ce goût tenace des joyaux ? Le romancier que le descendant de ces petits diamantaires est devenu ne se lasse jamais, lorsqu'il part à la recherche de ces soudains trésors que révèle l'âme humaine, lorsque le destin la fait éclater brusquement comme ces géodes aux apparences de néant calciné, mais qui se sont refermées sur une splendeur que rien ne peut égaler...

— Vous n'allez pas me dire qu'il vit là-dedans ?

— Eh bien, si, justement. Il vit là-dedans...

— Parmi ces tombeaux de tout ?

— Oui.

Il hésite encore, m'observe avec un manque total de sympathie. Le capitaine est un ancien de Langlois en Indochine, de Bigeard en Algérie. Un ancien de l'autre armée, l'armée coloniale...

— Écoutez, Gary. Vous allez voir un fou... Mais c'est *notre* fou. C'est un homme qui était plus vrai, plus sincère, plus fidèle que nous tous, parce que lui, justement, ça l'a rendu fou... Nous on a continué à fonctionner. On s'est réadapté. Pas lui. Ce qui veut dire que, lui, *il y croyait vraiment*... Alors, si c'est pour faire de l'ironie, dans ce que vous allez écrire...

— Capitaine, j'en étais, moi aussi. Huit ans de *l'autre* armée, de *l'autre* époque. Je n'ai aucune envie de rigoler.

Deux heures de suée et de chevilles meurtries à travers ce chaos, sous un soleil qui vous transperce, et cette frousse qui ne me quittera pas un instant, avec la gorge qui se noue chaque fois que mon œil rencontre le regard de néant de ces orbites où *ils* doivent se cacher, m'attendre depuis ma naissance... Dans ces rapports personnels que chacun s'imagine avoir avec le destin, je me sens visé, pris au piège, venu ici pour recevoir cette morsure du serpent fidèle au rendez-vous... Et puis...

Oui, je suis venu ici pour ça. Mais je n'y croyais pas vraiment. Les récits qui roulent jusqu'à vous du lointain ramassent toujours, chemin faisant, toutes les mousses de l'imaginaire...

Imaginez le drapeau tricolore sortant de ce nulle part. Un autre traîne sans vie au-dessus d'une tour de guet que je reconnais immédiatement : c'est celle des postes isolés en territoire viet. Une cabane de pierres entassées et autour... Eh bien, oui : des sacs de sable contre les balles et une mitrailleuse qui pointe...

Vous ne me croyez pas. Tant mieux. Je garderai mieux pour moi cette pierre qui brille de tous les éclats d'une belle et pure folie... Un homme vit là-dedans depuis six ans : l'ex-capitaine Machonnard. Je dix *ex :* privé de son grade pour son action dans l'O.A.S. Devenu fou : c'est ainsi qu'on appelle ceux qui ne peuvent se faire à la réalité. Un an d'internement. Un homme pour qui le temps s'est arrêté et ne se remettra plus jamais en marche : vous comprendrez dans un instant...

Le capitaine sort une bouteille de champagne de sa serviette.

— Pour célébrer la *victoire* de Dien Bien Phu...

— Pardon ? Qu'est-ce que vous racontez ?

... Déjà, il vient à nous, boutonnant sa vareuse : on aperçoit encore les marques déteintes des galons sur les épaulettes. Trapu, court sur pattes, une barbe noire et des yeux... comment vous dire ? si une blessure avait des yeux, elle vous regarderait comme ça.

Il m'observe avec méfiance : on sent le civil...

— Ça va, c'est un ancien...

Pas un mot n'est échangé. Dans le gourbi impeccable, deux portraits : Navarre, Salan...

Nous sommes debout. Il verse le champagne dans les quarts.

— Messieurs, à la victoire de Dien Bien Phu…

Car, vous l'ignorez peut-être, mais Machonnard vous le dira : l'Indochine et l'Algérie sont toujours françaises, le général Salan est président de la République, dans toute l'Afrique *française* les enfants noirs continuent à apprendre en chœur les premières lignes d'Isaac et Malet : « Nos ancêtres les Gaulois avaient de longues moustaches blondes… »

Il m'invite à inspecter le « poste ». J'aperçois au lointain un début de grisaille, presque de verdure : une « oasis » d'épineux… La mitrailleuse — je reconnais la vieille Hotchkiss de ma P.M.S. — est braquée dans cette direction. Machonnard saisit mon regard, me rassure :

— Le poste est imprenable. Il suffit d'ouvrir l'œil. La population est à fond pour nous. Mais si les Viets arrivent, ce sera par là…

Je me tais, une boule dans la gorge.

— Vous venez de Paris ?

— Oui.

— De Gaulle est toujours à l'île d'Yeu ?

— C'est-à-dire…

Il réfléchit.

— On a bien fait de le gracier, à cause de son passé…

Je saisis ma caméra. J'ai besoin de le photographier, pour me rassurer, m'assurer de sa réalité…

— Et l'Algérie ?

— Ça tient tout seul, dis-je.

Il sourit.

— Navarre avait raison. C'est le dernier quart d'heure qui compte. On a tenu, on a gagné… Mais ça n'a tenu qu'à un fil…

Je reviens bien vite dans le gourbi. Un lit de camp, un frigidaire à pétrole : quelqu'un veille sur lui… J'hésite, mais quoi, mes ancêtres passaient leur vie à examiner les pierres à la loupe…

— Vous n'avez pas de transistor ?

Il s'assombrit, se détourne. Le capitaine fait un geste : dans un coin, sous une couverture, *un Transocéanic à ondes courtes*… D'un seul coup, la vérité éclate.

Cet homme n'est pas fou.

Il sait.

Il s'est réfugié dans la folie, vit en elle, par refus absolu de la réalité. Il repousse corps et âme la réalité du monde qui l'a dépossédé de sa foi, de son amour, de tout ce qu'il avait à donner... À Paris, un psychiatre devait me dire : « Il y a des aliénés qui *choisissent* la folie et la défendent avec une force, une continuité à toute épreuve — on a parfois appelé cela "une folie sacrée"... C'est d'une puissance qui décuple les forces d'un homme — ce qu'il leur faut pour survivre... Privez-les de leur folie, rendez-les à la réalité, et ils se suicident ou vivent comme des légumes, sans trace d'humain... »

Machonnard a saisi mon regard.

Il me toise durement. Les yeux brûlent, me foudroient et saignent à la fois...

— Vous devez tout de même savoir, non ? Les Russes ont occupé l'espace stellaire... Ils contrôlent toutes les ondes radio et nous font du lavage de cerveau... C'est un plan diabolique de conquête du monde...

— Vous comptez rester encore longtemps ici ?

— Jouhaud me propose un commandement à Constantine.

Il se tourne vers le capitaine, qui le rassure :

— C'est en cours. Mais nous avons encore besoin de toi ici...

Et j'ai bien l'impression que ces paroles viennent du fond du cœur : *ils ont besoin de lui*...

... Les larmes remplissent ma gorge : il faut savoir les ravaler, comme tant d'autres clichés, tant d'autres mensonges grisants qui n'avaient de vrai que leur beauté : *la vocation universelle de la France... Sa mission spirituelle...* Ah ! qu'on me fasse la charité de croire que rien, en moi, ne pleure les réalités du colonialisme, mais que tout, en moi, crève parfois de regret au souvenir de toute la beauté humaine et de tant de sacrifices et parfois de sainteté dont nous avons nourri nos mensonges, le regret de tout ce qui aurait pu être et n'a pas été...

Vingt-quatre heures plus tard, je suis de retour dans le bureau de Ponchardier. Je regarde pour la dernière fois cet homme dont la vie d'aventures atteint ici son apogée, le moment où l'aventure devient ce qu'elle peut être de plus difficile : une immense responsabilité.

— Alors, tu as trouvé ce que tu es venu chercher ici ?

— Oui. J'ai vu Machonnard.

Les yeux se plissent. Ce n'est pas un sourire :
c'est un sourire refoulé…

— Machonnard ? Connais pas.

— Allez ! Allez !…

— Qui c'est ?

— L'ex-O.A.S., tu sais…

L'homme qui avait vu son fils tué par *eux* ne
bronche pas :

— Tiens, je dois être mal renseigné…

Il ment. Je jurerais qu'il ment. Mais j'y vais
tout de même. Je raconte la tour de guet contre
les Viets, la victoire de Dien Bien Phu, Jouhaud
qui commande en Algérie…

—Je vois, dit-il. Tu devrais voir le toubib.
T'as eu le coup de bambou. Ou alors, un mi-
rage… On voit des trucs inouïs…

J'ai mon Polaroïd sur mes genoux. Je l'ouvre,
je détache la photo de Machonnard, rayonnant,
le verre levé, sous le portrait de Salan… Le regard dur du haut-commissaire se pose lourde-
ment sur moi.

J'ai compris.

Je déchire lentement la photo.

Nous nous regardons en silence. J'ai été diplomate pendant plus de quinze ans, moi
aussi…

Il se détend :

— Et à part *ça* ?

Sept heures du matin. L'avion de Yemen Air
Lines et son pilote yougoslave m'attendent : je
suis le seul passager. À l'est, des champignons
bleu-blanc-rouge s'ouvrent dans le ciel : les
paras s'entraînent à l'heure où la chaleur n'a pas
encore vidé l'air de son souffle porteur. De l'hélicoptère qui vient d'atterrir, des légionnaires
descendent, avec leur moisson de l'aube : des
femmes et des enfants rongés par les fièvres,
qu'un chef de poste est allé chercher au fond de
la nuit. C'est l'heure où des silhouettes chétives
s'agglutinent autour des points d'eau où le *ba-*
bour de l'aube leur distribue des rations de *doura*.

Des hommes aux képis noirs sortent des *bordjs*
et se mettent à sillonner les pistes perdues à la
recherche de branches en croix au bout des
perches : ce sont des appels au secours des villages voisins. Les marchands de femmes se faufi-
lent avec leurs chameaux à travers la frontière
éthiopienne, sans se douter que, de son *babour*, le
commandant Dutrait les a repérés déjà à travers
ses jumelles. Le père Sourane assiste sans parler

de son Dieu ceux qu'il a bien fallu laisser mourir de leur mort d'insectes et aide à poser, sur cette matière que l'on veut bien appeler « terre », ces cercles de pierre qui signaleront à travers les âges les tombes éternelles de l'éphémère. La longue marée de la mer Rouge recouvre d'autres traces, d'autres oublis...

De l'avion qui m'emporte, je jette un dernier regard sur ces étendues noires où tout a brûlé, sauf la peine des hommes.

Le grand couchant des empires occidentaux vit ici ses derniers instants. L'heure du soleil est passée et le soleil a manqué tous ses rendez-vous. L'heure du soleil est passée, mais aussi celle de l'égoïsme, du mépris et de la rapine. Le couchant est irréversible, le soleil quand il se lèvera à nouveau viendra d'ailleurs. Mais en cette heure du couchant, le dernier rayon brille d'une lumière qui ne manque pas de beauté, même si elle n'éclaire surtout que le regret et le remords.

Ma moto a la lenteur, l'excentricité et la raideur arthritique d'une vieille dame anglaise, dont elle semble partager aussi le goût pour les accoutrements bizarres : elle est ornée d'étoffes et de rubans multicolores. Presque tous les véhicules au Yémen sont revêtus de draperies et ce harnachement rappelle les montures des chevaliers du Moyen Âge.

Les taxis, ici, sont des motos sans side-cars : le passager s'installe derrière le conducteur et l'embrasse tendrement. Après avoir étudié ainsi tous les parfums intimes de mon « chauffeur », j'ai pris le parti d'acheter la moto…

Devant moi, La Mecque et les déserts qui recèlent encore les armures des dix mille soldats romains que l'empereur Auguste avait chargés de conquérir l'Arabie ; derrière moi, Sanaa, la capitale, et plus au sud, cette région que l'on appelait au temps de ma jeunesse, de Pierre Benoit et des films des années 30, *Les Environs d'Aden*, avec tout ce que ce bastion illustre de feu l'Empire britannique évoquait alors comme parfum d'aventure. À l'est, au-delà des montagnes, le plus grand désert du monde : le Rub al Khali, « la part du vide »...

Je roule à travers les canyons recouverts d'étoiles, dans la douceur de cette nuit d'Arabie où se mêlent la fraîcheur des altitudes et les caresses chaudes qui montent déjà du désert à travers les gorges tourmentées. « Le manteau de la reine » : c'est ainsi qu'un vieux chant des bergers yéménites appelle encore ce ciel nocturne et éblouissant qui avait enveloppé jadis les épaules de la reine de Saba, en route vers la couche du roi Salomon... C'est une course pour rien, sans but, si ce n'est pour me griser de la plus vieille nuit de la terre, celle d'un royaume fondé par Sem, le fils de Noé.

Voilà cinq semaines que je rôde autour de la mer Rouge dans cette quête inlassable que je poursuis depuis que j'ai l'âge d'homme et qui m'a valu, dans le *New York Times*, le titre bizarre de collectionneur d'âmes... La puissance conju-

guée du sable et du soleil et d'une mer légen-
daire, à la fois attise et façonne ici des
psychismes étranges qui vont de l'éclat le plus
pur au noir le plus profond, et que je rêve de
saisir dans leur unicité. Une chasse à tous les
papillons de l'éphémère... Parfois, je sors mon
carnet et je regarde les noms des spécimens que
j'ai glanés sur mon chemin.

C'est à l'hôpital de Massaoua, en Érythrée,
cette « province » de l'Abyssinie où s'installe la
guérilla islamique de l'indépendance qui est en
train de secouer le trône chrétien de Sa Majesté
Haïlé Sélassié, que j'ai rencontré Calvat. La plupart des journalistes qui viennent à Asmara
cherchent à établir un contact avec les rebelles
par le moyen le plus direct : on se promène sur
la route entre Asmara et Massaoua dans l'espoir
de se faire kidnapper. Les risques sont mini-
mes : les rebelles se montrent très prévenants
avec les journalistes qu'ils « enlèvent » et qui
leur assurent ensuite une large publicité. Peut-
être y a-t-il dans cet échange de procédés aima-
bles une heureuse influence de la longue occupation italienne... Le destin voulut qu'aucun

Che Guevara arabe ne se soit présenté sur mon chemin.

Il est vrai que je n'avais pas insisté : j'avais hâte d'arriver à l'hôpital de Massaoua, où m'attendait un mourant. Calvat avait été mon instructeur à l'école de l'air d'Avord, voilà près de trente-cinq ans. Depuis la guerre, une vie d'aventures au service du plus payant... Je l'avais rencontré ici et là, à plusieurs reprises, au Tchad en 1950, à San Francisco en 1968... Le dernier flibustier de l'air avait été surpris dans ce port de la mer Rouge par un mal plus foudroyant que les cinq balles ramassées ici et là et dont il portait encore deux dans ses jambes...

Trafic d'armes ? Bien sûr. Je ne sais d'où ce vieux brigand à la barbe rousse et au crâne chauve avait décollé clandestinement pour porter sa dernière contrebande, ni pour le compte de qui...

— Ce qui m'a perdu, ce n'est pas l'indépendance de la Somalie — j'étais informé — non, c'est la façon dont les Anglais s'y étaient pris pour filer, huit jours plus tôt que prévu officiellement... Ils avaient même laissé l'électricité allumée dans leurs maisons. On craignait évidemment le lynchage par la foule... Alors, les ordres étaient : rendez-vous à l'aérodrome, mais laissez les lumières allumées dans vos maisons, pour ne pas donner l'éveil... Ils se sont tirés en douce, sains et saufs. Et moi, je me pose, le lendemain de leur départ, avec cinq caisses d'armes destinées à un des trois partis qui se disputaient l'héritage... Qu'est-ce que j'ai pris ! Trois côtes cassées à coups de pied par un « général ».

« Mais le plus drôle, c'est que deux heures après on me ramasse, on me pose sur mes pattes et on me remet dans mon avion. Avec une caisse de pièces d'or, le « général » et un garde du corps du susdit, et ordre de décoller illico et de se poser là et là dans le désert... J'ai vaguement compris qu'il s'agissait d'aller payer une tribu révoltée — moyennant finances — contre notre chère vieille autorité « colonialiste » à Djibouti... Qu'est-ce que tu aurais fait à ma place ?

— Avec trois côtes brisées...

— Ça, on s'en fout. Je veux dire : tu as une caisse d'or à bord de ton avion, avec deux gars seulement, dont l'un, d'accord, est assis à côté de toi une mitraillette à la main... Mais il ne peut pas te tuer, avec personne d'autre pour tenir les commandes... Comment tu t'y serais pris pour te débarrasser des deux cocus et garder le métal ? Car enfin, c'était une chance unique, « hénaurme », un vrai don du ciel… Dieu me faisait une fleur, quoi. Pas question de rater ça… Je réfléchis. Il y a encore un coup que les pirates de l'air n'ont jamais tenté. Il est pourtant infaillible…

— L'oxygène, dis-je.

Il paraît fier de son ancien élève, mon cher vieil instructeur d'Avord.

— Évidemment. Je suis monté à quatre mille mètres. Les deux cocus commençaient à avoir la tête qui éclatait, mais ils ne savaient pas pourquoi. Moi-même j'avais l'impression que j'avais au cerveau une fuite que quelqu'un essayait de bloquer avec des pierres. Ils sont tombés dans les pommes à cinq mille cinq cents, et ils m'ont même regardé mettre le masque à oxygène : j'ai vu à leurs têtes qu'ils comprenaient. Mais ils n'avaient plus la force de lever le petit doigt. J'ai tourné en rond à sept mille, en attendant qu'ils soient bien morts, ce qu'ils firent très gentiment. Tu te rends compte d'un coup de pot ? Il y avait pour cent briques d'or dans le coffre. À soixante-trois ans, je réussissais enfin ma vie…

Je le contemple, ce vainqueur : le sourire triomphant de ce visage est posé sur des os… Le médecin russe m'avait jeté : *Prapal*, foutu. Le Français qui m'avait amené auprès de lui m'avait dit : « Crever comme ça, alors qu'on a gagné… » Je ne sais pas ce qu'il entendait par « gagner », au juste. Et voilà que ce moribond me lance :

— Enfin, maintenant je suis à l'abri du besoin…

Il rit. Il sait que c'est une question d'heures, qu'il est *prapal*…

— J'ai toujours su que j'allais mourir riche, dit-il. *Riche* à crever…

Nous rions. J'ai même l'impression que cette mort qui est à nos côtés se marre, elle aussi.

— Comment as-tu fait ensuite ?

— J'avais assez d'essence pour me poser dans le sud de la Somalie. Tu as dû lire dans les journaux : « L'avion du général disparaît dans le désert… » Je les ai balancés aux requins. Oh ! pour la forme : ils étaient déjà tout ce qu'il y a de plus morts…

J'approuve d'un geste de la tête. Il faut ce qu'il faut.

— Tu me racontes ça pourquoi au juste ? Des remords ?

On se marre tous les deux.

— Tout le monde s'imagine que j'ai raté ma vie… Mais j'ai cent briques dans une banque suisse… Autant en profiter…

Je lui dis, avec ses deux cadavres en tête :

— Dépêche-toi, alors. T'en as plus que pour quelques jours…

Il rigole.

— T'as pas changé…

— Grouille. Moi aussi, je suis attendu…

— J'ai une femme… Toute jeune…

… Ouf ! Voilà enfin qu'il rejoint la nature. Il va me confier un message pour la veuve : le numéro du compte en Suisse.

— Alors, tu vas la trouver. L'adresse est sur cette feuille. Tu vas lui raconter tout ça, de ma part…

— La banque, le numéro ?

Le visage de Calvat est rouquin et l'expression de joie, de bonheur, allume tous ces ors roux…

— Justement, dit-il. Ça, je ne te le dirai pas… Elle ne le saura jamais. *Je veux qu'elle me regrette, cette garce !* Comme ça il y aura au moins quelqu'un qui pensera à moi !

C'est tellement monstrueux qu'il me faut une bonne minute pour comprendre. Sur le visage de la vieille crapule, ce n'est plus de la haine, c'est du bonheur...

Je me lève.

Il rit.

— Tu vois, on ne pourra pas dire que je suis mort sans profiter de cet argent...

J'ai vérifié : le « général » somalien et un officier sont bien partis dans l'avion du pirate français et ne sont pas revenus. J'espère que j'ai bien déguisé feu « Calvat » que reconnaîtront seulement ceux, de Djibouti à Aden, qui l'ont suivi pendant quelques années à la trace... J'espère aussi que sa veuve ne lira pas ces lignes, car je serais vraiment peiné que l'âme comblée de l'aventurier, ses comptes ainsi réglés, reposât en paix dans cet enfer où elle a pris sans doute ses quartiers...

Si ma moto est anglaise, la route que je suis depuis mon départ de Sanaa est chinoise : ici et là, les tombes de ses pionniers, chacune ornée d'une étoile rouge et d'une photo de Mao. On a ainsi l'impression que Mao est enterré partout, ce qui promet de belles querelles, dans mille ans, au sein de l'Église maoïste, quant au lieu sacré où reposent les restes du prophète.

À mille mètres au-dessus de mon dos, sur les pics, les vieilles forteresses sont collées comme des chauves-souris géantes à la voûte du ciel…

J'ai quitté avant l'aube la capitale par une de ses douze portes qu'il y a quinze ans encore on verrouillait tous les soirs, afin que quelque porteur néfaste de civilisation occidentale et de progrès ne se glissât nuitamment dans la cité. Sanaa est un mélange de Venise et de Babylone, à près de trois mille mètres d'altitude. Sauf à l'ouest, où la ville « moderne » écoule ses tripes-ruelles uniformes comme à travers une panse trouée, tout y est comme aux temps très anciens...

Autour, les montagnes aux précipices de pierraille blanche et des parois verticales où éclatent soudain des cascades d'une blancheur immaculée. Le paysage accomplit ce miracle : une dureté douce, une sauvagerie accueillante... Parfois la montagne s'entrouvre et laisse entrevoir le désert dont elle surgit, comme portée sur les épaules de sable de cet esclave aplati.

D'ahurissantes oasis, aux touffes de palmiers inaccessibles, sont blotties au creux des rocs, sous le fond aérien d'une cataracte striée d'arcs-en-ciel. Les fermes sont de véritables châteaux de boue sèche, avec des tours de guet, bâties au bord des gouffres agricoles où s'étale la verdure opulente de cette terre maternelle, berceau du peuple arabe.

Car c'est ici qu'ils sont nés avant de peupler le désert, ces ascètes de l'Islam qui ont subjugué le Maghreb et l'Espagne... Les bâtisseurs d'empires occidentaux se sont tous cassé les dents sur ce Yémen-là. C'est en vain que les officiers britanniques du type Lawrence d'Arabie rêvaient amoureusement de ses durs guerriers et de la virilité de cet univers sans féminité, dont les jeunes gens sont d'une beauté qui éveille en moi la nostalgie de leurs filles et sœurs, que l'on ne voit jamais. Les femmes, ici, ne se contentent pas de se voiler le visage : des triangles de gaze dérobent aussi leurs yeux…

C'est pourtant un visage de femme que je suis venu chercher ici. De fillette, plus exactement. Il faut vraiment être un rêveur invétéré, travaillé par la nostalgie de je ne sais quelle unique et rédemptrice beauté, pour venir au Yémen dans l'espoir d'en saisir un fugitif mais rassurant sourire. On m'avait dit à Aden, à Asmara, à Mogadishiu : « Vous verrez là-bas le plus beau visage de la Bible… » Je n'aurais guère prêté attention à ces propos — la mer Rouge est portée à l'exagération plus encore que la Méditerranée — si un lieutenant du Groupe nomade, à Obok, ne m'avait achevé, si j'ose dire : « Imaginez le regard de Ruth, de Messaline ou de la reine de Saba venant à vous du fond des âges porté par les yeux d'une enfant… »

Je suis donc venu au Yémen.

À ceux qui s'étonneront de voir un homme plus qu'adulte débarquer d'un boutre dans la fournaise de l'affreux port de Hodeïda, où tout semble cuire jour et nuit dans la graisse, et faire cinq cents kilomètres à moto à la poursuite d'un regard, je ne peux que répondre ceci : à chacun ses trésors. J'ai toujours été torturé par le goût de l'éphémère. D'un éphémère saisi, perpétué, sauvé... Je ne serais pas devenu un écrivain si je n'étais habité par un ange-démon qui me pousse à me pencher sur tout ce que guette déjà le temps avec des yeux d'oubli...

C'est ainsi que dans le fouillis des ruelles étroites, emmêlées de Sanaa, où les femmes compensent par les couleurs éclatantes de leurs voiles où dominent le pourpre et l'indigo, ce qu'elles ne peuvent montrer, j'ai pu rencontrer enfin « l'homme qui voulait sauver l'Occident », ainsi qu'il me le répétait inlassablement, cependant que son regard angoissé courait en tous sens comme un cafard à la recherche d'un trou providentiel...

Il y avait longtemps que j'attendais ce moment. À Paris, Claude Roy m'avait traité de « dingue » pour avoir répété dans *Chien Blanc* cette accusation contre la Chine. Frédéric Rossif, par contre, avait recueilli d'un cousin au Monténégro une rumeur analogue.

J'avais trouvé à mon hôtel un billet : « Rendez-vous au Hilton, cinq heures… »

Je ne sais quelle tête aurait fait le directeur de la luxueuse chaîne d'hôtels du même nom s'il avait visité le « Hilton-restaurant » de Sanaa. Dans une odeur de graisse frite et de sueur humaine, sous des ampoules nues d'où pendouillent les rubans de papier à mouches, une vingtaine de Bédouins sont assis à la turque sur des chaises, en mâchant du *kat* arrosé de Coca-Cola, leur long poignard *jambia* au ventre, les fusils appuyés contre la table. Tout ce qui a nom d'homme au Yémen vit armé jusqu'aux dents. Ce n'est pas une question de dangers ou menaces, mais de virilité.

Quelques-uns me fixent d'une manière pesante et à la longue irritante, qui finit par donner l'impression d'une provocation. Il n'en est rien : le *kat* les abrutit au point qu'ils oublient simplement leurs regards sur vous. L'un d'eux se lève, va vers moi, dépose sur ma table une poignée d'herbe aussi crasseuse que la main qui me l'a servie… C'est écœurant, et puis il y a des rumeurs de choléra… Penché sur moi, le visage ruisselant de sueur sous son turban jaune, il attend avec un sourire fait de gencives éclatées et de lèvres noirâtres, comme coagulées… Je me fourre l'herbe dans la bouche et je rumine. C'est acariâtre et cela me fait aussi peu d'effet que n'importe quelle herbe à vaches…

« L'homme qui voulait sauver l'Occident » se faisait attendre. Déjà, une heure de retard, mais ce n'est pas grand-chose lorsqu'il s'agit de vie ou de mort pour une civilisation… Mon éditeur m'avait dit à New York : « Son manuscrit tient. Ce qui est vérifiable est exact. Mais pour le reste… C'est tellement important que ça ne fait pas sérieux. On dirait que tout ce qui est manifestement vrai là-dedans ne sert qu'à dédouaner l'invention pure et simple… Voyez-le, puisque vous allez au Yémen. »

Le voilà qui entre. Il s'arrête un instant sur le seuil, le temps, pour le regard furtif, rapide, de se poser sur moi… Il s'approche de ma table, s'assied. Ce qui frappe immédiatement, c'est le désespoir. Ses yeux en sont pleins au point qu'ils en deviennent contagieux : l'angoisse me saisit, un malaise où se donnent soudain rendez-vous tous les périls obscurs, informulés… Il se tait. Il sait que je suis là pour le *voir*, au sens littéral du mot, pour l'observer, le juger, me faire une opinion…

Une tête sans traits marquants, un visage insignifiant au point de paraître délibérément caché... Je me suis trompé. Ce n'est pas le désespoir qui brûle ce regard : c'est la foi. Du fond de mon enfance jaillit soudain le visage oublié et terrible d'un moine russe de Tobolsk : c'est la même brûlure... Je ne sais de lui que ce que j'ai lu dans sa *Confession d'un agent secret* : c'est ainsi qu'il avait intitulé ses Mémoires... Collaborateur direct d'Enver Hodja en Albanie, payé par les Yougoslaves, sous l'étiquette de « directeur d'importations commerciales », agent double, triple, que sais-je ?...

— Vous parlez français ?

Il hausse les épaules.

— Français, anglais, russe, chinois... Ce que vous voulez...

Les deux cents pages de texte serré qu'il avait envoyées à l'éditeur étaient extraordinairement précises : elles fourmillaient de noms, de dates, de chiffres. Et l'affaire était de taille : il ressortait de ses « aveux » que la Chine de Mao inondait délibérément l'Occident et en particulier l'Amérique de quantités monstrueuses d'héroïne par l'intermédiaire de l'Albanie...

— Toute la prospérité actuelle de l'Albanie

est basée sur le transit de la drogue. Je sais de quoi je parle : c'est moi qui étais chargé de l'organiser...

— Et pourquoi avez-vous quitté ce poste de si haute responsabilité ?

Son visage s'assombrit.

— J'ai perdu ma foi dans la doctrine communiste...

Joli, ça. Très beau. J'ai l'impression d'avoir sous les yeux un diamant de vingt carats. Un diamant noir... Car voilà un homme qui n'hésitait pas à empoisonner des adolescents à l'héroïne, *tant qu'il avait de l'idéal*... Je ne suis pas venu à ce rendez-vous pour rien. Ma collection de joyaux vient de s'enrichir d'une pièce de choix, que je lègue ici même au Musée de l'Homme...

Voilà que son visage sort des limbes : ce n'est plus ce magma de traits neutres en fuite devant le regard qu'il m'avait présenté en entrant... Les traits se sont durcis : c'est un visage de croyant, de fanatique, mais chez qui la foi en Dieu a été remplacée par la foi dans une police à l'échelle cosmique, une conspiration ourdie par de tout-puissants manipulateurs occultes, véritables détenteurs de tous les pouvoirs terrestres...

Jamais un siècle, même au Moyen Âge, n'a autant cru que le nôtre aux puissances obscures. À ce besoin de croire à la *raison cachée*, à une clé universelle, et d'y croire à n'importe quel prix, fût-ce à celui de sa propre damnation, ne répondent plus les sabbats des sorcières, mais celui des polices secrètes... Mon éditeur m'avait dit :

— Si c'est vrai, c'est de la dynamite... Essayez donc de voir ce qu'il a dans le ventre.

Mais allez donc juger un homme en quelques minutes, entre deux regards... Il se tient devant moi, pareil, avec sa barbe noire et ses yeux qui bouffent tout, à une de ces icônes primitives de Byzance, où les saints avaient des têtes de conquistadores...

— Écoutez : s'il est exact, comme vous l'affirmez, que la Chine inonde délibérément l'Occident d'héroïne « rose », dite « héroïne de Hong-kong », il est impossible qu'il n'y ait pas eu d'autres « aveux »... La police américaine...

Un ricanement.

— On la paye grassement. Vous savez ce que ça nous coûtait ? Un million de dollars par mois, rien que pour les brigades antidrogue...

J'hésite. Ingersoll lui-même, le chef du Federal Bureau of Narcotics américain, avait déclaré *officiellement* : « Quinze pour cent de nos agents sont à la solde des trafiquants… »

— Vous donnez des précisions méticuleuses, des noms, des détails minutieux, mais ce ne sont pas des preuves… Tout repose sur votre parole. Je vais être franc : un des trucs les plus connus du genre consiste à envelopper le faux dans une multitude de détails *vrais* qui servent à dédouaner le mensonge… Bref, est-ce que vous avez des preuves ?

… Je crois que c'est à ce moment-là, par ces mots prononcés dans le *Hilton* de Sanaa, que j'ai tué un homme. Il m'était déjà arrivé de rencontrer de ces êtres possédés, dont la seule raison de vivre est une foi dévorante dans l'existence des forces obscures, occultes et ténébreuses, qui fournissent, en quelque sorte, une logique cachée à l'absurde apparent du monde. Des « protocoles des sages de Sion » aux Jésuites, de la « banque juive » aux francs-maçons, de l'Intelligence Service à la « main de Moscou », tout leur est bon pour donner une explication, une cohérence souterraine, une « organisation » au chaos, qui répondent à leur angoisse face à l'inexplicable, et où les polices secrètes, tirant toutes les ficelles, héritent de la déchéance et de la chute de Dieu et de son diable...

J'avais aussi noté bien des fois que chez bon nombre d'agents de renseignements il y avait une vocation profonde, non pas tellement au renseignement et aux luttes de l'espionnage, mais à une sorte de transcendance dont ils pourraient se réclamer, d'une appartenance à un pouvoir qui détient « la clé des choses ». Mais j'étais loin de me douter jusqu'où cette fois, ce besoin impératif de prouver l'existence d'un Dieu-flic et d'une conspiration à l'échelle cosmique, pouvait mener un possédé prêt à tous les sacrifices pour *authentifier* l'imaginaire... Et c'est ainsi qu'en quelques mots, sans aucun pressentiment, sans hésiter, je suis devenu SA mort...

— Il leur faut des preuves. C'est tellement énorme, ce que vous affirmez dans votre « confession »...

— Énorme ?

Il sourit. C'était un sourire supérieur — le sourire d'un initié...

— Je pensais bien que vous étiez venu pour ça. En admettant que ce soit bien votre éditeur qui vous envoie et pas la C.I.A., qui a essayé

vingt fois de mettre la main sur mes dossiers…
Vous aurez toutes les preuves demain. Des dossiers complets. La correspondance décodée, les listes des dépositaires d'héroïne, les complicités officielles. La Chine dépose bon an mal an pour un milliard de dollars d'héroïne en Albanie. Vous aurez les preuves demain à onze heures, ici même… Si je ne viens pas…

Il se lève. Il reste un moment debout, me regardant avec je ne sais quelle haine, celle sans doute que les authentiques croyants réservent aux infidèles… Je le revois encore, ce saint des ténèbres policières, auréolé de papier à mouches…

— Si je ne viens pas, c'est qu'ils m'ont eu. Ils ont essayé de me tuer il y a trois jours encore…

Il me tourne le dos et disparaît dans cette ville ocre, dont les façades semblent recouvertes d'une dentelle de pierre jaunie par le temps…

Le lendemain, il n'est pas venu. Ni le surlendemain. L'histoire de « la plus grande conspiration du monde » ne fut pas publiée et l'Occident ne fut point sauvé.

Je ne puis affirmer avec certitude comment est mort cet homme, un de ceux dont le besoin dévorant, presque métaphysique, de croire et de faire partager leur foi en les « puissances terribles et secrètes » qui président au destin du monde est à ce point impérieux qu'ils ne reculent devant rien pour prouver qu'elles existent. Je pense notamment à cet ancien agent secret qui « démontrait » dans une publication américaine que de Gaulle était manipulé par un agent communiste…

La seule chose dont je suis sûr, c'est que le corps de « l'homme qui voulait sauver l'Occident » fut découvert huit jours plus tard au fond d'une gorge à cent quarante kilomètres de là. À chacun selon sa faim : si vous êtes un de ses semblables, libre à vous de croire qu'il a été assassiné par des agents de la Chine rouge, qui parvinrent ainsi à l'empêcher de fournir des preuves du grand complot diabolique de la Chine contre l'Occident, que ce complot continue et que c'est délibérément que la jeunesse américaine est empoisonnée par des flots d'héroïne « rouge »…

Je n'en crois pas un mot. Car enfin, pourquoi auraient-ils attendu mon arrivée au Yémen et ce rendez-vous pour se débarrasser d'un ennemi aussi dangereux ? Et pourquoi cet homme se serait-il enfui en Arabie, où il était tellement facile de le supprimer, plutôt que de passer tranquillement aux États-Unis, où sa « confession » l'avait précédé ? E. G. Hoover aurait été enchanté d'assurer la sécurité d'un tel témoin…

Que l'on accuse le romancier que je suis d'excès d'imagination, mais je demeure convaincu que cet authentique croyant s'était sacrifié sur l'autel de la Grande-Conspiration-Secrète-Qui-Régit-Le-Fond-Des-Choses et que son suicide était le geste suprême par lequel l'authentique croyant fait exister l'objet de son culte. Il n'est pas mort traqué et tué par quelque génial et tout-puissant Fu-Manchu rouge, maître secret du monde. Non, bien au contraire, il est mort *pour* lui, pour donner une réalité à ce phantasme, pour nous faire croire à son existence.

Et, brusquement, au moment où j'écris ces lignes et pour la première fois, je sens, je *sais* qu'il a réussi : vous qui me lisez, je sens votre scepticisme, je suis certain que l'idée qu'un homme puisse aller aussi loin dans son besoin de surnaturel policier vous fait sourire avec pitié et indulgence pour ma naïveté. Car vous *savez*, n'est-ce pas, que ce sont bel et bien des agents de la Chine rouge qui ont exécuté ce traître pour l'empêcher *in extremis* de fournir au monde les preuves d'un complot infernal, ourdi par les Fu-Manchu de Pékin contre l'Occident…

Parmi les messages qui m'avaient été remis à Sanaa au « Palace al Zohraa et Restorand » — je respecte l'orthographe de ce haut lieu pucier — il y en avait un signé Pierre Amable, directeur d'hôtels — et le *s* de ce pluriel devait me paraître plus tard un des *s* les plus dérisoires, certainement, qu'il me fut donné de rencontrer sur mon chemin.

La lettre disait : « Vous ne pouvez quitter cette région sans visiter le lieu où la France en ma personne s'enorgueillira bientôt du plus beau complexe hôtelier de la mer Rouge... » Le reste de la lettre était rédigé en termes à défier toute concurrence : « Véritable paradis où l'âme vient se rafraîchir dans le désert... » (Oui, je ne fais que citer.) « L'aube se lèvera à votre rencontre revêtue d'or le plus cher, dans un parfum de viticulture… » Je suppose que l'auteur de ce brouillon d'un prospectus futur entendait suggérer quelque parfum enivrant. « L'oasis de Sheba dresse ses têtes capiteuses vers un soleil dont il arrête la fureur et ne laisse passer que le doux sourire… » « Vous boirez l'eau d'une source médicalement reconnue comme incomparable… »

Il y en avait trois pages, d'une écriture appliquée et fleurie, et à la fois le style et la main m'ont immédiatement fait penser aux Antilles… J'entendais presque le doux roulis des mots avec leur absence de *r*… Il y avait aussi ce que mon correspondant appelait une « carte routière » et qui se traduisait, renseignements pris, en deux solutions : ou bien aller en Arabie Séoudite, d'où une route venait mourir à Sheba, ou trois jours de chameau en partant de Najran. J'optai pour le chameau.

J'avais, en lisant cette lettre, senti passer le vent de la grâce : tous les vrais chercheurs de trésors connaissent ces intuitions aussi soudaines qu'impératives qui semblent vous dire : *Creuse, c'est là…*

J'avais recueilli à Taïz quelques renseignements sur mon correspondant. M. Pierre Amable était honorablement connu. Un marchand de ces bijoux de pacotille que l'on importe ici d'Allemagne m'affirma, dans un anglais qui ressemblait aux vestiges d'une langue depuis longtemps disparue et reconstituée après des fouilles, que le Français dont je l'entretenais travaillait à ouvrir le Yémen à des millions de touristes.

Je relus la lettre : hôtel ou pas hôtel ? « Les plus grands capitaux, disait M. Amable, étaient déjà intéressés… » La phrase sentait l'avenir le plus lointain. Il n'y avait pas à hésiter : trois jours de chameau ou pas, il y avait là manifestement une très belle pièce qui attendait de prendre place dans ma collection de l'éphémère…

J'ai vu bien des déserts dans ma vie, mais celui qui s'étend à l'est de Najran n'évoque en rien les solitudes du Sahara, du Tibesti ou du Kalahari. Cela commence sans transition au pied des montagnes yéménites et continue jusqu'au golfe Persique : ce désert-là est une sorte de démence frappée d'immobilité. C'est ce que donnerait un océan saisi à l'apogée de sa colère si quelque toute-puissance instantanée transformait les vagues et les creux de cinquante à cent mètres en dunes. Il me fallut faire appel à toute ma passion de chercheur pour trouver la volonté de m'engager derrière mes guides et leurs chèvres dans cette espèce d'acte contre nature qui n'avait même plus rien de terrestre...

J'ai erré ainsi pendant trois jours aux abords du Royaume du néant, d'où montait vers moi, aux approches du couchant, une marée mauve, rose et or, et je ne saurai jamais si cette houle de sable qui semblait esquisser vers le ciel des envols aussitôt frappés d'interdit, avait vraiment cette couleur rouge brique ou si c'était le soleil qui mourait ainsi. Au creux de ces vagues sans mouvement dont les formes semblaient prêter au vent qui les avait façonnées un génie de diversité jamais à court d'inspiration dans sa poursuite des formes, je me suis surpris à guetter des galères englouties et des mâts sortant des sables, tant ce néant poudreux évoquait les grandes fureurs marines...

J'ai la fièvre. Les trois hommes qui me guident sont agenouillés sur leurs chameaux. Ce n'est pas de l'excentricité : on monte ici les chameaux en position agenouillée, assis sur les talons. Pendant des jours, des mois, des vies entières... Essayez, ne serait-ce que quelques minutes, de vous tenir assis sur vos talons sur le dos d'un chameau en marche... On m'a fait la grâce d'une selle avec étriers. À cinquante-six ans, c'est dans ma vie un nouveau début difficile. Le chameau, pour un profane, n'a pas de rythme : l'impression de chevaucher un pommier que l'on secoue.

Je ne sais si j'ai été victime des mirages, mais je me souviens d'avoir vu dans cet univers incandescent une profusion d'héliotropes... Pour comble d'agrément, des espèces de tiques volantes, qui se collent à la peau, me couvrent de petites plaies qui se bossellent et durcissent instantanément, avec comme conséquence immédiate tous les symptômes de ce qu'on appelait de mon temps en Afrique la « dingue ».

L'oasis de Sheba que nous atteignons à midi, avec son village fait de tours grises et de quelques fermes-forteresses clairsemées dans la palmeraie et qui tombent en ruine, ressemble à un jeu d'échecs aux pièces inachevées et indéfinies... Et à l'est commence le *vrai* désert, celui que je n'ai fait que frôler, le Rub al-Khali, c'est-à-dire « la part du vide », un univers de formes presque immatérielles dans leur blancheur à cette heure d'écrasement solaire, et comme soulevé de l'intérieur par une cohue de démons souffleurs.

M. et Mme Amable — sur leur demande, j'indique leur vrai nom, « car cela peut faciliter les investissements », m'ont-ils dit — sont originaires de la Guadeloupe. M. Amable avait été cuisinier d'un des trois cents frères et cousins du roi Ibn Séoud. Ce prince avait été tué au Yémen, en 1962, dans les rangs de l'armée de l'Imam Badr. M. Amable, avec ses économies, avait acquis la palmeraie et « prend des dispositions pour y établir un chef-d'œuvre de l'hôtellerie, un Hilton avec cuisine française, vins et fromages bien de chez nous, amenés ici directement avec le concours d'Air France, que je me propose d'intéresser aux bénéfices ».

Il n'y a, évidemment, pour l'instant *rien* dans la palmeraie, absolument rien, et les tours des trois ou quatre fermes-châteaux elles-mêmes perdent leurs pierres presque à vue d'œil. Mais « des capitaux considérables se sont déjà mis en mouvement ».

Les phrases que je mets ici entre guillemets ne sont pas citées de mémoire, je les ai enregistrées sur mon dictaphone. Le « complexe hôtelier » aura trente étages, car, « avec les avions pratiquement instantanés, il faudra faire face à des foules considérables ». La source qui coule encore faiblement entre les palmiers, eux-mêmes déjà recouverts de poussière grise et qui s'étouffent visiblement et se meurent sous cette carapace, cette source est naturellement « médicineuse ».

Je dois dire que ma fièvre, dans ces conditions tellement favorables, se mit à monter en flèche, et la vue de ce doux et bon visage aux cheveux blancs et de l'épouse qui ne cessait d'éclater d'un rire joyeux commençait à me faire un effet de plus en plus cauchemardesque.

« Dix piscines, de cent mètres chacune, seront bâties tout autour de l'oasis, en bordure du désert, de façon à ne rien perdre du paysage... »

L'idée des touristes nus cuisant en plein soleil d'enfer dans dix piscines de cent mètres fut pour moi le coup de grâce : je fus pris d'un tremblement convulsif.

« La route ne pose pas de grands problèmes : elle se fera dans le mouvement... » Devant nous s'étendait « la part du vide », que trois ou quatre explorateurs seulement, dont Sir John Philby, le père du célèbre espion anglais au service des Soviétiques, avaient réussi à explorer.

Mais l'enfant chéri de M. Amable, c'était le golf. « Les millionnaires américains n'auront jamais pratiqué leur sport favori dans un cadre pareil. » C'était exact : les sables venaient sur nous de tous les côtés et l'oasis était là comme un oubli, une distraction, une négligence professionnelle du démon chargé de veiller à ce que tout fût poussière.

M. et Mme Amable ont six fils dispersés à travers le monde, tous cuisiniers, qui subviennent à leurs besoins en attendant la construction du « complexe hôtelier ». Ici et là, clouées aux palmiers, il y a déjà des pancartes surmontées de flèches : « Vers le corps du bâtiment principal », « Vers le golf », « Cafeteria-self service ». Debout, face au désert, M. Amable me dit : « Vous noterez que nous jouissons ici d'une vue imprenable. »

La palmeraie n'a pas plus d'une cinquantaine d'habitants, vivant de leurs chameaux et de leurs chèvres. « Leur mode de vie sera radicalement changé dans le plus proche avenir », m'explique M. Amable, et je dois dire que, peu à peu, sous l'effet de la fièvre provoquée par la piqûre des mouches *dhofars* et subjugué par la force de persuasion quasi hypnotique qui rayonnait du doux visage noir de mon hôte, je me suis surpris à critiquer amèrement le drugstore avec son néon et l'idée d'avoir accroché à chaque palmier un haut-parleur diffusant des bruits d'avions à réaction et des sifflements diaboliques — après quoi, j'ai vague souvenance d'avoir erré dans les couloirs sans fin d'un *Hilton*, à la recherche d'une sortie… Et puis ce fut le sommeil.

Au bout de quatre jours ma fièvre tomba et je pus m'enfuir du « complexe hôtelier », grâce à une jeep de l'armée séoudite pour rejoindre la route qui va de Sanaa à La Mecque.

Ma moto tousse, grince, a des *staccato* inquié-
tants, mais continue à faire honneur à la firme
britannique qui l'avait mise au monde il y a dix
ou quinze ans. Tout le matériel roulant anglais
au Yémen est un laissé-pour-compte de l'Empire, importé d'Aden.

C'est l'aube. La montagne vertigineuse naît à
la lumière du soleil encore caché derrière les
pics, avec ses ocres et ses gris fantomatiques,
presque irréels. Des oasis aériennes apparaissent
aux tournants, nids de verdure inaccessibles au-
dessus des précipices. Et toujours des cascades :
on dirait que ces montagnes recèlent des trésors
liquides inépuisables, car voilà trois millénaires
qu'ils abreuvent les champs fertiles de l'*Arabia
Felix*, l'Arabie heureuse des anciens.

On m'avait affirmé que rouler comme je le

fais à travers un pays où tout ce qui a nom d'homme porte une arme était pure folie. C'est faux, complètement faux. J'ai dormi au bord de la route, aux environs de Hodeïda, dans les gîtes des caravaniers et des camionneurs, et je n'ai rencontré partout que gentillesse, rires et amitié.

À un moment, entraîné presque de force par trois Bédouins dans une de ces fermes-châteaux forts en terre sèche, hérissées de cactus, dont les tours évoquent irrésistiblement la captivité et tous les périls de l'horizon, tout ce qui fut exigé de moi par ces « bandits » fut que je partage leur repas.

Je suis tombé en panne sur une piste perdue où je m'étais engagé en quête de je ne sais quoi de différent, d'autre, et des bergers se sont jetés sur moi pour s'emparer de ma moto... et la transporter sur leurs épaules au village le plus proche, où un camion nous a pris en charge, ma moto et moi, jusqu'à l'unique garage-station essence de la région.

L'étranger est entouré ici de toute l'hospitalité traditionnelle de l'Islam... Peut-être parce que les étrangers sont tellement rares, lorsqu'une gentille dactylo française de Djibouti vint à Taïz, elle fut reçue par le gouverneur comme un personnage officiel. On n'a braqué des fusils sur moi qu'une fois : ce fut de l'autre côté, dans l'ex-fédération d'Aden, et encore uniquement parce qu'on avait pris la pétarade insensée de ma vieille dingue de moto pour des coups de feu.

Il est vrai cependant que depuis que j'ai quitté Sanaa, j'ai été dépouillé successivement : de ma montre, de mes stylos, de ma caméra, de ma veste de cuir et, finalement, de la sacoche qui contient mes billets d'avion et mes travellers. Ce ne sont pas des bandits qui m'ont ainsi soulagé : c'est l'armée yéménite. En tout bien, tout honneur : à la sortie de la capitale commencent les postes de contrôle militaire et, pour s'assurer que le voyageur n'est pas un agent secret qui va disparaître dans la nature parmi les derniers partisans royalistes de l'Imam Badr, ennemis du régime démocratique, on lui demande de laisser des gages… L'idée est saine dans ce pays qui manque d'articles manufacturés : du moment que James Bond a laissé sa montre au passage, on est sûr qu'il va revenir chercher ce bien précieux.

Ce principe me permet de circuler tranquillement dans un pays où les leçons sont vite données : la dernière embuscade de la guerre civile, tendue il y a un an à des voyageurs sur cette route, s'est soldée en représailles par la destruction du village le plus proche.

Je ne voudrais certes pas donner l'impression que cette Suisse de l'Arabie connaît déjà la tranquillité de l'autre. Lors de mon séjour antérieur, il y eut à Taïz un attentat militaire contre le gouverneur : deux morts. Les coupables militaires ne furent pas inquiétés. On avait dit à l'époque que les militaires, pour la plupart formés en U.R.S.S, protestaient ainsi contre la politique de rapprochement avec le royaume séoudite. Mais à Sanaa, le Premier ministre lui-même avait tenu à mettre les choses au point :

— Rien de politique dans cet attentat. C'était simplement une question de solde. On n'avait pas versé leur solde aux officiers depuis plusieurs mois… Aucun problème.

Ah ! bon. Le tout est de savoir.

Lorsque je repasse le lendemain au poste de contrôle pour récupérer la sacoche avec mes papiers, j'apprends que le sergent est parti en permission en emportant mon passeport, mes billets d'avion et mes travellers. Ni négligence ni mauvaise intention : bien au contraire. Il m'avait promis de me les rendre et il n'était donc pas question de confier la sacoche à qui que ce soit. C'est vraiment avoir le sens de l'honneur et de la parole donnée... Où est-il allé ? Dans son village. Quand revient-il ? Un haussement d'épaules... Je couche ma moto dans les fourrés, je m'assieds au bord de la route et je regarde passer la plus lente caravane d'Arabie : le temps...

Je suis resté ainsi cinq ou six jours, peut-être davantage. Je n'étais attendu nulle part et — pourquoi ne pas l'avouer ? — j'éprouvais un étrange soulagement, mêlé à une sorte d'euphorie d'évasion et presque de conquête, pour avoir ainsi atteint la forme d'existence la plus simple et la plus élémentaire, celle d'un vagabond assis au bord de la route. Les soldats ont partagé avec moi leur pain plat au goût de glaise et leur *kasha* de millet noyé de graisse.

J'ai dormi avec eux, près du feu, cependant que les troupeaux nocturnes et leurs bergers aux chapeaux de bambou passaient en ombres chinoises sur la route, avec leurs ânes chargés de *kat*. La lune était grasse, jouant la Maja couchée de Goya sur ses coussins vaporeux. J'ai regardé le soleil se lever sur les champs de millet géant qui tombent en terrasses vers les oasis, au fond des gorges obscures, parmi les forêts de figuiers.

Autour de moi, tout était douceur. Ce pays, que les anciens appelaient l'« Arabie heureuse », est un sourire fait terre. Dans les fermes aux hautes tours assaillies par l'infanterie rageuse des cactus et des épineux, tours pareilles à d'immenses moulins à vent sans ailes, j'ai écouté les enfants jouer de ces airs des temps oubliés qui se transmettent de pipeau à pipeau depuis la Conquête et où se marient la prière arabe et le flamenco de Grenade.

Le troisième jour — ou le cinquième — je me suis débarrassé de mes frusques et j'ai revêtu une jupe *fouta* et le fermier m'a ceint le front d'un bandeau blanc. Et savait-il lui-même que c'est un signe ancien d'intouchabilité, une proclamation d'hospitalité accordée ?... Jamais encore je n'avais éprouvé à ce point le sentiment de n'être personne, c'est-à-dire d'être enfin *quelqu'un*... L'habitude de n'être que soi-même finit par nous priver totalement du reste du monde, de tous les autres ; « je », c'est la fin des possibilités… Je me mets à exister enfin hors de moi, dans un monde si entièrement dépourvu de ce caractère familier qui vous rend à vous-même, vous renvoie à vos petits foyers d'infection… J'avais enfin réussi ma transhumance.

Assis de l'aube à la nuit au bord de la route, j'ai été ce vagabond yéménite que les rares voyageurs en auto regardaient avec curiosité et avec le sentiment réconfortant d'avoir échappé en naissant « bien » à cette sauvagerie et ce dénuement… J'ai eu droit ainsi, du fond de ma pouillerie, au regard de l'ambassadeur des États-Unis qui passait dans sa voiture et je suis heureux d'avoir pu enrichir l'expérience yéménite de ce fonctionnaire chinois qui s'est arrêté pour prendre une photo de moi, ce qui me procura un merveilleux sentiment d'authenticité.

J'étais plus fort que Houdini : enfermé pieds et poings liés, comme nous tous, au fond de moi-même et haïssant les limites ainsi imposées à mon appétit de vie ou plutôt de vies, j'étais parvenu, une chique de haschisch aidant, à m'enfuir de cette colonie pénitentiaire qui condamne à n'être que soi-même.

Un groupe de jeunes gens soviétiques, infirmières et médecins de l'hôpital russe de Sanaa, descendent le chemin qui mène vers les gorges, et la plus belle des jeunes filles, au petit nez retroussé de toutes les Katinka de mes rêves blonds, paye au passage un touchant compliment à mon authenticité. Après m'avoir lancé un regard prudent, elle dit à ses compagnons, d'un ton tranchant et définitif :

— *Oujasnaïa morda !*

Ce qui, librement traduit, signifie : « Une gueule absolument abominable... »

Je sentis que j'avais enfin réussi ma vie. *Une* de mes vies, je veux dire : celle qui n'a duré que quelques instants au bord d'une route d'Arabie, parmi les cactus et les figuiers, et qui doit orner en ce moment de son pittoresque bien yéménite l'album de photos d'un communiste chinois...

Le sergent revint de son congé le lendemain et je récupérai mes papiers d'identité, avec une certaine tristesse. J'étais rendu à moi-même...

J'arrive à Taïz vers deux heures du matin. La ville, à cette heure, est livrée aux chiens et à la lune ; pas une silhouette dans les rues interdites à la circulation après vingt-trois heures. Couchée sur les nuages, la forteresse où l'Imam Ahmed mettait « en pension » les fils aînés des chefs de tribus pour s'assurer ainsi de leur fidélité domine de sa masse sombre les mosquées, les palais et les maisons endormies au fond des jardins argentés…

Taïz est une capitale ratée. Après l'assassinat de son père par des officiers rebelles, l'Imam Ahmed l'avait proclamée solennellement « ville du Prophète », détrônant ainsi Sanaa. On pouvait alors voir — il y a quinze ans à peine — les cinquante-sept têtes des conspirateurs décapités exposées dans la vitrine de la pharmacie principale de la ville. Les familles des victimes se réunissaient chaque après-midi devant cette vitrine pour contempler les traits durcis de leurs pères, frères ou fils.

Je ne crois pas qu'il y ait eu au monde, dans les temps modernes, un pays où l'on pratiquât la décapitation avec plus d'enthousiasme qu'au Yémen. Couper les têtes était le golf des imams. Au palais de Taïz, aujourd'hui musée, on peut admirer les photos d'Ahmed, yeux énormes de drogué, barbe noire, le sourire aux lèvres, en train de décapiter lui-même le chef de la rébellion. La victime ne s'agenouille pas, ici, pour la cérémonie, comme c'était jadis de rigueur chez nous. Elle reste debout et harangue la foule, chantant les louanges de son vainqueur : les victoires, ici, comme dans tout l'Islam, rendaient hier encore toutes les causes justes, on y voyait la main de Dieu...

L'Imam Yahya, il y a vingt ans, avait fait décapiter ses deux frères, qui conspiraient contre lui. C'était alors la dernière terre interdite du monde, la plus difficile à pénétrer... Aujourd'hui le Premier ministre de la République nouvelle, qui se sent un peu trop « soutenu » d'un côté par les Russes et de l'autre par les Chinois, m'a parlé avec espoir d'un troisième « soutien », si j'ose dire : le Club Méditerranée...

J'ai laissé ma moto à l'entrée de la ville, j'erre dans les rues à la recherche de la maison du docteur Viallat, cette Française admirable qui exerce ici son métier de médecin radiologue depuis dix-sept ans... Je l'avais rencontrée lors de mon précédent passage, mais je me perds dans ce labyrinthe argenté. Personne dans les ruelles lunaires pour m'indiquer le chemin. J'ai froid. Je m'assieds par terre, le dos contre le mur, attendant l'aube ou un passant.

Que dirais-je si une patrouille militaire me trouvait ainsi ? Que je suis venu au Yémen à la recherche d'un visage d'enfant ? Qui me croirait ? C'est pourtant la vérité. Il faut vraiment être un rêveur invétéré, travaillé par la nostalgie de je ne sais quelle unique et rédemptrice beauté, pour sillonner la mer

Rouge dans l'espoir d'en saisir un fugitif et apaisant sourire…

La fatigue brise mon corps : voilà plusieurs années déjà que mon corps a commencé à me trahir. J'ai trop froid. Je m'enfonce dans la médina : derrière chaque mur, des vergers éclatants de lune… Une lumière et une grille entrebâillée me font presque signe, dans ce silence lourd de sommeil… J'entre. La loi la plus sûre, au Yémen, c'est l'hospitalité. Je grimpe deux étages, pousse une porte…

Je me trouve dans une pièce aux murs qui disparaissent derrière des meubles, tableaux et objets divers à la fois si typiquement anglais et dans un tel état de délabrement qu'ils donnent l'impression de quelque chose de complètement foutu et en même temps d'infiniment précieux pour celui qui avait accueilli ces épaves. Le maître du lieu semblait avoir amassé et amené ici tout ce que les Anglais avaient laissé derrière eux, après leur départ précipité d'Aden.

Il ne manquait pas un *rocking-chair*, pas une broderie où l'on distinguait encore quelques-uns de ces chiens-chiens chers à Landseer, tout était là, sauvé du déluge, depuis la *Charge de la brigade légère* dans son cadre cassé et couvert de chiures

115

de mouches, jusqu'à une énorme photo jaunie de la passe de Khyber, cette frontière jadis héroïque de l'empire entre l'Inde et l'Afghanistan...

Je suis en présence de quelque chose qui fut — qui est toujours — un très grand amour et celui qui lui est resté fidèle est assoupi dans son *rocking-chair*, parmi les uniformes, les sabres, les décorations, les bicornes et les photos des vice-rois des Indes, avec leurs *sépaïs* et leurs *gurkhas*, sous la fameuse photo de Lawrence d'Arabie dans son déguisement d'aigle du désert, cependant que celle du poète Rupert Brooke, d'un amiral inconnu, de Glubb Pacha et de George V me regardent avec une sorte de stupeur meurtrie du haut de ces détritus de grandeur où mon œil pêche au passage le portrait du jeune Winston Churchill pendant la guerre des Boers, entre un bouclier zoulou et un chien en porcelaine de Staffordshire...

Le propriétaire de cet affreux musée, où les vainqueurs les plus illustres ont tous l'air battus à plate couture, ronfle en pyjama à côté d'une table de chevet sur laquelle dort, roulé en boule, un chien *corgie*, lequel ne doit avoir ni ouïe ni odorat, puisque mon entrée ne l'a pas tiré de son oubli... Quant au point final de toute cette longue et belle histoire impériale, il traîne par terre près d'un verre et des restes d'un gâteau au sésame : une bouteille de gin vide...

Les grands morts ont parfois la vie dure. Rien n'est plus mort, autour de la mer Rouge, que les « agents secrets de Sa Majesté ». Rien, non plus, ne peut inquiéter moins ou donner une plus nette impression d'échec et de fin que ce personnage lourd, au nombril débordant le cordon de son pyjama, que j'ai vu dormir à côté de son *corgie*, aussi foutu en tant que chien que son maître en tant qu'« agent secret ». S'il lui arrive, dit-on, d'être sobre avant le petit déjeuner, il le compense amplement par un exploit : il est le seul Européen que j'aie rencontré qui parvienne à se droguer avec le *kat*.

Et pourtant, d'Aden à Mogadishu et de Djibouti à Riyad, on vous mentionnera son nom comme celui du « meilleur agent de renseignements anglais à l'est de Suez ». Et on ajoutera, naturellement : « Ne vous y trompez pas : il joue les épaves, mais... » Suivi d'un sourire malin, un de ces sourires *renseignés*... Bref, rien ne manque à sa légende, pas même une aura d'homosexualité. Pourtant, l'unique raison de sa présence en Arabie est qu'il n'est presque plus capable de se lever de son fauteuil.

Je suis revenu le voir à deux reprises et la seule lueur que j'ai vue s'allumer dans l'œil stupéfait de cet « héritier de Sir John Philby et de Glubb Pacha » fut celle d'un fugace espoir de me refiler un faux Coran du XIᵉ siècle, un de ceux qu'on calligraphie aujourd'hui à Riyad, et, devant mon manque d'intérêt, un « sabre qui avait appartenu à Ibn Séoud, j'ai là un pedigree irréfutable »…

« Le dernier agent secret à l'est d'Aden » est à peu près aussi authentique que son Coran et que le sabre du dernier grand conquérant d'Arabie. Mais il n'a rien à craindre. Sa légende est à l'abri des démystifications. Les hommes ont besoin de croire…

Ce fut le lendemain matin, à vingt kilomètres de Taïz, dans la douceur d'une lumière que la verdure des champs et des bosquets privait de sa crudité, dans un palais qui paraissait sorti d'une miniature persane, que ma quête aux sources de l'Islam prit fin dans un regard d'enfant...

L'Imam Ahmed avait bâti sa résidence d'été au flanc d'une montagne, au-dessus d'une plaine qui lui prodiguait ce que ces éternels compagnons des déserts et de la soif que sont les Arabes recherchent par-dessus tout : la verdure.

Les paons et les colombes qui vivaient dans les arbres ont disparu. Les ors des dômes et les mosaïques des terrasses autour de la pièce d'eau se sont ternis. Dans la petite salle du trône — le « trône » est un fauteuil de peluche écarlate qui n'évoque rien de plus majestueux que le derrière de la reine Victoria — les tapis et les coussins ont été rongés par le soleil et les carrelages de faïence ne sont pas plus précieux que ceux de nos hammams.

Le gardien des lieux, un bin Maaruf, de la région la plus sauvage de l'ancien Hedjaz, a les traits pointus et canins dont l'expression rusée est, me dit-on, commune à tous les hommes de sa tribu, qui fut pendant longtemps la plus honnie de l'Arabie. Méprisez quelqu'un pendant des générations et vous avez bonne chance de le rendre méprisable, jusqu'au jour où, les armes à la main, il reconquiert sa dignité... Il me regarde avec ce sourire informé de ceux qui, pour avoir été trop longtemps privés de dignité, finissent par acquérir une sorte de compréhension ignoble du cœur humain.

Je dis quelques mots à mon guide, qui traduit. Le bin Maaruf rit silencieusement — une splendeur de gencives roses — et me lance quelques mots arabes.

— Tous les étrangers demandent à la voir, traduit le guide.

Le gardien disparaît et revient en conduisant l'enfant par la main. Elle porte une tunique émeraude, des pantalons écarlates brodés d'or, des babouches violettes. Au premier abord, je ne ressens rien que je n'aie déjà éprouvé devant les turqueries de Delacroix. Les traits mats sont félins, le petit nez plat est celui des lionceaux et si les lèvres annoncent déjà une sensualité naissante, il y a longtemps que je connais ces fleurs prématurées qui s'ouvrent dès l'enfance au soleil trop brûlant…

Le visage ne serait qu'adorable s'il n'y avait ces yeux comme un puits sans fond où vit je ne sais quelle extraordinaire *connaissance*, quelque chose qui est à la fois sans âge et millénaire, quelque chose d'immémorial. Ce regard venait à moi de la plus haute antiquité et il ne venait pas seul. J'ai vu toute l'histoire de l'Arabie dans les yeux d'une petite fille, tout ce qui demeure vivant et invincible, là où la mort et le temps croient avoir fait leur œuvre d'oubli.

C'était, soudain, comme si toutes les civilisations, que l'on dit disparues parce que leurs royaumes et leurs dieux ont mordu la poussière, avaient secrètement manqué leur rendez-vous avec le néant. J'ai vu des caravanes chargées de myrrhe et d'encens partir vers la Grèce antique où Artémidore d'Éphèse, hanté toute sa vie par les royaumes du désert, décrit longuement les villes du Yémen dont les maisons « sont ornées d'ivoire, d'or, d'argent et incrustées de pierres précieuses ».

Parties à la conquête des trésors fabuleux qui ne cessent de nourrir les rêves romains, les légions d'Auguste s'enfoncent dans les sables pour y mourir de soif. Le roi Assab, avec mille drapeaux, chacun suivi de mille hommes, traverse la Perse, le Turkestan, la Chine et l'Inde et revient chargé d'immenses trésors pour mourir décapité par les siens qui le punissent ainsi d'avoir quitté pendant sept ans le « pays des pays ».

Quatre de ses petit-fils partent pour la première croisade du monde, à la conquête de la Pierre Noire de Kaaba sur laquelle Abraham voulut sacrifier son fils. Devant moi, leur sœur Aldmaa, reine et putain, se prostitue sur les marches de son palais en l'honneur du dieu Lune, dieu de la virilité, qu'adorait par-dessus tout le peuple d'Arabie jusqu'à la venue de Mahomet.

Le roi yéménite Afrikis ben Abraham traverse la mer Rouge et le continent des hommes noirs, qui portera désormais son nom, Afrique. Des millions d'oiseaux écrasent sous une pluie de pierres le conquérant abyssin venu s'emparer de La Mecque. L'éléphant Mahmoud, qui portait le roi d'Éthiopie, tombe à genoux devant la ville sacrée et refuse d'avancer, ce qui lui vaut d'être mentionné favorablement dans le Coran. Et, partis de Sanaa il y a huit siècles, les cavaliers ivres de la parole toute jeune encore du Prophète conquièrent l'Espagne et la couvrent de leurs jardins et de leurs palais…

Car de l'histoire le temps enterre peu à peu sous ses couches successives la réalité et l'atroce, pour n'en laisser qu'une sorte de beauté visuelle, formelle, au goût d'épopée et de légende…

J'ai marché, quelques jours plus tard, sur les ruines de Mareb, dans un vent de sable qui brouillait de ses danses jaunes les contours du temple de la Lune où avaient prié les fondateurs du Yémen, arrière-petits-fils de Noé. J'ai vu les têtes d'albâtre des idoles fracassées et j'ai marché sur les restes émiettés de ces dalles de bronze où jouait il y a trente siècles l'enfant de la reine de Saba et du roi Salomon.

J'ai longuement erré autour des tours trois fois millénaires dont je me suis bien gardé de demander la nature pour ne pas les priver de leur air de mystère et de leur obscure majesté. J'ai dormi dans des maisons bâties avec les pierres des lieux sacrés où avaient adoré leurs dieux aux noms perdus les premiers rois du monde.

Mais c'est dans le regard d'une petite fille que j'ai rencontré vraiment ce qui reste des millénaires, des royaumes et des empires lorsqu'ils disparaissent au fond des siècles : l'indéfinissable survie d'un éphémère qui venait vers moi des temps les plus anciens, comme si courait à travers les âges le fil d'or d'une souveraineté humaine plus fabuleuse que tous les royaumes et plus forte que tous les néants.

Ryûnosuke AKUTAGAWA   *La vie d'un idiot* précédé d'*Engre-
nage*

Deux nouvelles posthumes de ce grand auteur de la littérature japo-
naise, terribles pages qui préparent la mise en scène de son suicide...

ANONYME   *Saga d'Eiríkr le Rouge* suivi de
Saga des Groenlandais

Le nom d'Eiríkr le Rouge évoque l'aventure, la bravoure, la magie des
Vikings et les découvertes des contrées sauvages du Grand Nord...

Antoine BELLO   *Go Ganymède !*

Avec une intelligence diabolique et un humour corrosif, cette nouvelle d'anticipation illustre les enjeux et l'absurdité de la conquête
spatiale.

Adalbert von CHAMISSO   *L'étrange histoire de Peter Schle-
mihl*

Vendre son âme au Diable... un des thèmes fondateurs du romantisme allemand, à découvrir dans ce texte pétillant d'une étonnante
modernité.

COLLECTIF   *L'art du baiser.* Les plus beaux
baisers de la littérature

Baisers timides, tremblants, baisers fougueux, voluptueux, brûlants...
D'Ovide, Shakespeare... à David Foenkinos ou Philippe Forest :
laissez-vous emporter par ces baisers qui donnent envie de tomber
amoureux.

Alexandre DUMAS   *La main droite du sire de Giac* et
autres nouvelles

Le Diable n'est jamais très loin dans ces nouvelles de Dumas. Il joue
des faiblesses des hommes pour leur faire commettre l'irréparable.

Guy GOFFETTE   *Les derniers planteurs de fumée*

Souvenirs, portraits d'un vagabond furtif, ces courts récits s'offrent
comme une variation musicale autour du mot de Rimbaud : « On ne
part pas. »

H. P. LOVECRAFT *L'horreur de Dunwich*
Verrouillez les portes, calfeutrez les fenêtres et allumez toutes les lumières avant d'ouvrir ce livre...

Léon TOLSTOÏ *Le Diable*
Peut-on résister aux tentations de la chair ? Tolstoï nous dresse un tableau diabolique de la sensualité.

Edith WHARTON *Le miroir* suivi de *Miss Mary Pask*
Spiritisme, apparition de fantômes, messages de l'au-delà... Edith Wharton révèle avec un humour piquant que les fantômes ne survivent que dans l'imagination de ceux qui les évoquent.

Composition Nord Compo
Impression Novoprint
à Barcelone, le 2 janvier 2011
Dépôt légal : janvier 2011
1er dépôt légal dans la collection : avril 2009

ISBN 978-2-07-038693-2./Imprimé en Espagne.

181928